KB253731

어멍아
어멍아

어멍아 어멍아

신창선 수필집

수필과비평사

글을 쓴다는 것은 매우 지난한 일이다. 마음을 제대로 나타내고, 붓두껍을 시원하게 닫는 일은 불가능한지도 모른다. 커다란 좌절 속에서 방황하기가 예사지만 어쩌다 조그만 희열을 건지기도 한다. 늘 새로운 시작인 미완의 세계가 나를 설레게 하곤 한다.

그동안 지저분하게 쌓였던 시·공간을 허물어 사물이나 현상에 대한 여백을 만들고, 넘쳐나면 조금씩 덜어내면서 또 다른 여백에 새로운 이름을 붙여 보았지만 바보 같은 이야기들뿐이다.

떠나고 싶다, 어디든 훌쩍.

■ 목차

1부 고향 그리고 고향

잃어버린 달 …… 12

돌담의 미학 …… 17

사투리 예찬 …… 21

바람이 되어 …… 26

고향 그리고 고향 …… 31

거울 오디세이 …… 35

특별한 도쿄 여행 …… 39

노을 …… 43

돌하르방의 말 …… 47

어멍아 어멍아 …… 52

2부 욕망의 성城

벽 …… 58
소리빛 …… 62
참새야 …… 66
가방 속의 사람들 …… 70
계단을 오르며 …… 74
지구본을 돌리면서 …… 78
지하철 구경 …… 82
욕망의 성城 …… 88
백제의 미소, 금동대향로로 환생하다 …… 92
모자가 화났다 …… 96
책을 품다 …… 101
달집의 일생 …… 106
창窓 시퀀스 …… 112

3부 승부리의 아이들

폐선廢船과 소통하다 …… 118

혼자 먹는 밥 …… 122

그릇에서 배운다 …… 126

무지개 만드는 사람들 …… 130

승부리의 아이들 …… 136

휴대전화공화국 …… 141

방학 속의 방학 …… 146

골목길 …… 151

멋쩍은 한때, 나를 보다 …… 155

신발에서 삶을 읽다 …… 159

주력 50년 …… 163

흔적 …… 168

4부 강江에게 말을 걸다

시간 ······ 172

극락암에서 만난 마음의 빗장 ······ 177

소수서원 뜨락을 거닐다 ······ 182

강江에게 말을 걸다 ······ 185

호수 ······ 188

가을풍경 ······ 192

벽화 ······ 197

주름살 감상법 ······ 202

섬진강 ······ 206

갈대 ······ 210

연리지 ······ 214

■작품세계 | 프루스트Proust 현상과 수필 | 유병근(시인, 수필가) ······ 217

고향 그리고 고향

잃어버린 달
돌담의 미학
사투리 예찬
바람이 되어
고향 그리고 고향
거울 오디세이
특별한 도쿄 여행
노을
돌하르방의 말
어멍아 어멍아

잃어버린 달

오래전 산골학교 총각 선생이던 시절, 달빛과 함께한 추억은 바위의 주름살이 되어 남아 있다. 닷새마다 돌아오는 상주尙州 5일장을 손꼽아 기다렸다. 읍내 장터에는 늘 사람들이 넘쳐났고, 풍성한 먹을거리는 촌사람의 혼을 빼놓곤 했다.

자취 생활에 필요한 일용품, 찬거리 등을 대충 챙기고, 돼지국밥과 막걸리로 배를 채우고 나면 포만감에 젖어 온 세상이 내 것이 되곤 했다. 황제 같은 기분으로 장터 구석구석을 누볐다. 때로는 유목민처럼, 때로는 방랑자같이 순간순간의 자유를 만끽했다.

해가 저물 무렵 서점에 들러 책 몇 권을 사들고 바쁘게 버스정류장을 찾았다. 이미 끊어진 버스는 하루에 한 번, 그것도 불규칙적으로 운행했다. 이런 경우 함창 방면 버스를 타고 중간 기착지인 백원白元에서 내려 걸어가야 했다. 멀리서 울려 퍼지는 엿판 장수의 각설이 타령이 내 입술에 달라붙는 것 같았다.

백원에서 내가 사는 우산愚山 마을까지는 삼십 리가 훌쩍 넘는다. 백원에서 평지길 시오리를 지나 갈령재를 넘고, 몇 번의 도랑과 산모퉁이를 돌아야 하는, 어렵지만 재미있는 코스다.

백원 평지길에 달빛이 쏟아졌다. 달빛 세레나데가 몸과 마음을 적셔 발걸음을 가볍게 했다. 매뉴얼 없이 자유분방하게 달빛 속을 걸어가는 나의 모습은 영화 <서편제>에서 흥겹게 노래 부르며 굽은 길을 돌아드는 주인공보다 훨씬 앞선 주인공이었다.

어느새 걸음이 처지기 시작했다. 갈령재가 가까워졌기 때문이다. 숲 속을 지나 너럭바위에 앉았다. 나뭇가지에 걸린 달이 바람결에 스치는 여인이 되어 스무 살 총각 마음을 흔들어 놓는다. 날씬한 조각달 아가씨가 환상 속으로 지나갔다. 하현달 같은 늘씬한 여인도 보였다. 반쪽이 있어 서럽지 않은 반달 여인이 손짓하는 모습이 보이는 것도 같았다. 달에서 생성과 소멸, 그리고 부활의 의미를 깨우쳤다.

하늘이 뻐끔 트인다. 갈령재 정상이 가까워진 것이다. 손에 잡힐 듯 보름달 여인이 쉬었다 가라 한다. 수줍은 총각은 재빨리 정상으로 내닫는다. 내 마음을 어떻게 비워야 할지 미적거리는 사이, 바람에 놀아나는 뭉텅구름이 달을 쫓아 보낸다.

정상에서 숨을 고르는데 고향이 아련히 떠올랐다. 지도에서도 고향은 한 뼘 넘게 저만치 있다. 팔자소관이려니 생각하며 눈을 감는다. 그때 무슨 일인지 <정읍사井邑詞> 백제 여인의 구슬픈 노래가 별안간 내 등짐을 붙들었다. 그 백제의 여인이 그리웠다. 어느 세월에 덧없는 망부석이 되었을 여인. 아니면 비녀를 곱게 꽂은 달맞이꽃이 되어 지금도 어디선가 낭군을 기다리고 있을지도 모른다는 뜬금없는 생각에 젖어 있었다.

밤이 점점 깊어갔다. 정상을 내려오면서 나도 모르게 굿거리 장단의 제주 오돌또기 노래를 흥얼거렸다. "오~돌또~기 저기 춘향 나온다. 달도 밝고 내가 머리로 갈거나…." 고향이 왈칵 달려드는 것 같았다. "둥그데 당실 둥그데 당실 여도 당실 연자 버리고 달도 밝고 내가 머리로 갈까나." 후렴구가 튀밥처럼 입술에서 쉼없이 나풀거렸다.

노래하는 사이 냇가에 다다랐다. 바지와 신발을 배낭에 쑤셔 넣고 삐뚤삐뚤 놓인 징검다리를 짚다가 철버덕 물에 빠졌다. 이효석의 <메밀꽃 필 무렵>의 장돌뱅이요, 얼금뱅이인 허생원의 모습이 떠올랐다. 은근히 허생원이 부럽다는 생각이 들었다. 허생원에게는 그를 업어줄 동이가 있지 않은가. 나는 달을 업었다. 달빛이 소금 뿌린 듯, 새하얀 봉평 메밀꽃밭길이 눈에 어른거렸다. 내가 건너는 시냇물엔 그물에도 걸리지 않는 달빛을 벗삼아 피라미들이 꼬리를 흔들며 밀어를 나누고 있는 중이었다. 모래밭 소라껍데기처럼 나 혼자 동그마니 남았다. 이 세상 외톨이는 나 혼자뿐이라는 서글픈 생각이 내 온몸을 휘감았다. 젖은 옷가지에 스며든 상념은 언제쯤 마를 것인가.

　털레털레 집에 도착하니 반딧불이 하나가 내 옷소매에서 날아
갔다. 그래, 나는 그동안 달빛을 머금은 풀잎이었던가. 격자 창문
을 여니 하얀 달덩이가 맑은 향기가 되어 방안을 가득 채우고 나
를 기다리고 있었다.
　그러나 어느새 도시에 살면서 추억의 달을 잃어버렸다.

돌담의 미학

　　　　　내 고향 제주의 돌담은 잊을 수
도, 잊히지도 않는 그리움의 원형질이다.

　비바람 속에서 간난의 세월을 버텨온 돌담은 순박하면서도 투
박한 정겨움을 간직하고 있다. 고향에서 돌담길을 걷다 보면 골
목길에서 뛰놀던 어릴 적 친구들과 돌담벽에 기대어 서 있던 내
모습이 실루엣 추억으로 겹쳐진다.

　시·공간을 아우르는 생활의 흔적이 돌담에 있다. 지천으로 널
려 있는 현무암으로 만든 돌담은 생활하는 장소에 따라 모양이나
이름이 다양하다. 가옥의 외벽은 축담, 집을 나서는 진입로인 올레
에 쌓은 돌담은 올렛담, 밭농사 하면서 나오는 돌을 쌓은 밭담,
가까운 오름이나 산속의 묘역을 보호하는 산담, 환란에 대비하여
쌓았던 성담 등으로 불리면서 제주의 역사를 차곡차곡 엮어 왔다.

올렛담으로 이어지는 골목길은 술래잡기, 구슬치기, 딱지치기를 하는 놀이터요, 가까운 오름의 야트막한 산담은 달리기, 기마전 놀이를 심심찮게 벌이는 천혜의 운동장이며, 벌초할 때 잠시 땀을 식히는 쉼터이기도 하다. 밭담은 잡초를 얹어두기도 하고, 밭일 틈틈이 막걸리를 들이켜는 평상 역할을 톡톡히 해 낸다.

돌담은 길을 만들고, 길은 돌담을 따라 먼 데로 달아난다. 길 따라 불쑥불쑥 나타나는 과수원의 거무스레한 돌담은 밖을 기웃거리며 주렁주렁 열려 있는 노란 귤과 어우러져 보는 이의 마음을 일렁이게 한다. 영화 <서편제>의 마지막 장면에서 <진도아리랑>을 부르면서 굽은 길을 돌아드는 모습이 관객의 가슴을 적셨듯이 노란 돌담길이 한없이 펼쳐진다.

돌담은 사람과의 관계를 일깨워 주는 소통의 공간이다. 덕수궁의 규격화된 돌담이나 낙안읍성의 높다란 흙돌담과는 그 모양새가 다르다. 흙과 돌을 섞어 만든 육지의 돌담, 현대식 시멘트 블록담과도 그 모양이나 축조 방법이 확연히 다르다. 제주의 돌담은 흙이나 시멘트를 전혀 바르지 않고, 돌과 돌의 아귀를 짜 맞추어 그냥 이어 놓았을 뿐이다. 그러다 보니 구멍이 숭숭 날 수밖에 없다. 나지막한 돌담의 안과 밖이 열려 있어 소통이 자연스레 이루어진다. 변화할 수 있는 만남이 오가고, 차이가 많은 다양성이 쉽게 넘나든다. 동네 아낙들의 수다가 오가고 나이 많은 사람들의 너스레가 울리기도 하고, 아이 부르는 소리가 먼 데까지 퍼져 나가기도 한다.

돌담은 자연이 숨쉬는 생명의 공간이다. 돌담 구멍 사이로 세상이 지나간다. 바람이 지나가고 햇살이 떼를 지어 멈칫멈칫 쉬어간다. 참새가 놀다가고, 귀뚜라미도 뛰어다닌다. 가끔은 도마뱀이 유영하는 모습도 보인다. 돌담을 이루는 돌덩이 하나하나의 곰보 자국에는 이끼가 진을 치고, 들풀 씨앗이 날아들어 뿌리를 내리기도 한다. 때로는 작은 벌레들의 잠자리가 되기도 한다. 뜻밖에 채송화 한 송이가 돌에 기대어 핀 것을 보고는 그 생명력에 감탄하기도 한다.

돌담은 강직함과 슬기로움이 함께하는 자연학습장이다. 사라호, 매미 태풍 같은 강한 비바람에 외부와 철저히 격리되어 있는 시멘트벽이나 흙돌담은 맥없이 무너져도 제주의 돌담은 유유자적하다. 그것은 틈새가 많아서 바람을 받는 면적, 즉 항력抗力이 작아지기 때문이라는 과학의 원리와 맞닿아 있다. 비바람이 지나간 제주의 돌담은 오히려 산뜻한 모습이 된다.

자연과 함께하는 낭만적인 돌담이지만 족제비나 들짐승, 그리고 낯선 사람의 통행은 거침없이 막아버린다. 복운은 안으로 불러들이고 액운은 밖으로 내치는 돌담의 지혜가 놀랍다.

돌담은 공존의 마당이기도 하다. 돌담을 통하여 정보교환이 가능하고, 얼굴이 보이지 않아도 편안한 대화가 이루어지기도 한다. 그런가 하면 돌담은 젊은이들의 러브레터가 넘나드는 우편함이 되기도 하고, 제사 음식사발이 다정하게 넘나들기도 한다.

구멍난 돌담에서 구멍 뚫린 곡선의 그림자가 어린다. 고층 아파트의 사각 직선으로 박혀 있는 살벌한 그림자와는 차원이 다른 은근하고 부드러운 곡선이 살아 움직인다. 돌담처럼 가면을 벗고 담담하게 살고 싶다.

"너도 돌담이 되고 싶은 게지? 될 수도 있고말고. 시간이 많이 걸릴 거야. 속도의 때, 욕심의 때를 벗겨 내고 꼴찌가 되는 날, 돌담의 돌 한짝은 될 수 있을 거야."

아까부터 지켜보던 돌하르방이 싱긋이 웃고 있다.

사투리 예찬

"아그 더버라. 야들은 와 이리 지랄이고."

아이들이 앙증맞게 떠드는 소리에 오랜만에 우리 집에 놀러 오신 장모님께서 웃으면서 하는 소리다. 어머니께서는 장모님과 눈인사만 하고 당신 방으로 들어가 버리신다. 아마 '지랄'이라는 소리에 장모님이 상당히 기분 나쁜 일이 있는 것이라고 판단하신 모양이다. 제주 사람의 언어감각으로는 이해 못할 법도 한 일이다.

서울 종로 거리를 빨간 구두를 신은 아가씨가 살랑살랑 예쁘게 걸어간다. 이를 본 경상도 총각이 "저노무 가스나 지긴다 지기." 하고 한마디하자 전라도, 충청도, 제주도 총각도 한마디씩 거든다. "저 가시나 나뿌닥 반반하네.", "저 기집애 괜찮녀.", "자이 곱닥허다이." 이런 말을 아가씨가 알아들었을 리는 만무하더라도 발걸음을 빨리 재촉한다. 그런데 경상도 말인 '지긴다'는 널리 의미가 통하는 말이다. 기분이 나빠도 '지긴다'요, 기분이 좋아도 '지긴다'고 한다. 감동적인 풍경이 밀려와도 '지긴다'로 통하는 그 뜻은 심오하기까지 하다. 다른 지방의 말도 형태만 다를 뿐 뉘앙스는 퍽 자유스러우면서 흉내 낼 수 없는 구수한 맛을 지니고 있다 하겠다.

표준말은 소통 장애가 일어나지 않게 하고, 모든 사람들이 자유롭게 의사소통하게 하며 나랏말의 얼굴이 된다. 그러나 사투리를 위한 사투리는 경계해야 할 일이지만 표준말을 지나치게 강요하거나 표준말을 안 썼다고 틀렸다고 하는 것은 중앙집권적인 언어독재이다. 우리는 그동안 경상도 대통령, 전라도 대통령을 겪었어도 별 어려움 없이 지냈음을 경험하지 않았던가. 거친 야생마도 좋은 조련사를 만나 길들이면 명마가 된다. 그러나 얼룩말은 좀처럼 길들여지지 않아서 일부러 길들이려 하면 아예 죽어버린다고 한다. 사투리는 야생마도 얼룩말도 아니다. 사투리가 없는 세상, 그곳은 사람 사는 곳이 아니다.

십리부동풍十里不同風이란 말이 있다. 십리 밖 바람은 다르다. 바람은 곧 문화요, 언어와 함께 문화는 살아 움직인다. 김영랑의 <오-매 단풍들겄네>라는 작품이 살아 움직이는 것은 사투리의 매력 때문이다. 소월, 만해, 지용, 백석, 미당 등의 시에서는 자신의 고향 언어가 시의 모태가 되고 있음을 본다. 박경리의 ≪토지≫, 조정래의 ≪태백산맥≫, 이문구의 ≪관촌수필≫의 공통점은 작품 속에서 구수한 지역 사투리를 구사하고 있다는 점이다. 이들 작품 속에 질펀하게 담긴 경상도, 전라도, 충청도 사투리를 서울말로 바꾼다면 그 매력이 상당 부분 사라질 것이다. 사투리는 우리 마음 깊숙한 곳을 건드려 정서적 울림이나 충격으로 다가오기 때문에 그들의 시나 소설이 오래도록 생명력을 끊임없이 뿜어내고 있는 것이다. 사람은 열 살 이전에 친숙했던 풍경이나 어휘에 평생 끌린다는 말은 빈말이 아니다.

그림 잘 그리는 학생의 크레파스 뚜껑을 열어 보면 빨강, 노랑, 파랑, 초록, 분홍, 검정, 살색, 보라색 등 여러 색들이 골고루 닳아 있다. 가을 단풍 숲이 아름다운 것도 여러 색이 골고루 섞여 있기 때문이다. 만일 붉은 색만 있다면 징그럽지 않겠는가. 다름 속에서 같음을, 같음 속에서 다름을 찾아내는 지혜가 필요하다. 평면적인 느낌을 주는 서울말에 비해 사투리는 가을 단풍 숲이나 크레파스 그림처럼 우리말에 담겨 있는 역동성과 생동감을 잘 나타내 준다. 표준말에 갇혀 있는 언어적 상상력의 한계를 한 방에 날려 버리는 자유분방함이 사투리의 특징이라 할 것이다. 팍팍한 도시 생활에 지쳤을 때 고향 친구와 진한 사투리로 한바탕 뒹굴고 나면 마음이 가라앉는다. 사투리에는 아늑한 고향길이 지천으로 열려 있다.

어느 행동생태학자는 새들도 어른이 되는 과정에서 둘 이상의 사투리를 배우지만 결국 정착하는 지역의 사투리로 자신의 말투를 다듬어 간다고 한다. 하물며 사람에 있어서랴. 만일 충청도 사람이 강원도 산속에서 말꼬리를 길게 늘여 말을 한다면 사방 웅웅거리는 메아리 때문에 분별이 어려울 것이다. 강원도 사람이 너른 평야 지대에 가서 산간지역에서처럼 간결한 음성으로 말을 하면 미처 의미가 전달되기도 전에 끝나 버리게 될 것이다.

언어의 중요한 기능은 의사소통이다. 다행히 통신기술의 발달로 표준어의 소통엔 큰 문제가 없다. 문학작품이나 드라마의 다양한 소재는 사투리의 소통에도 많은 도움이 되고 있다. 서울 가면 서울 표준말, 부산 가면 부산 표준말, 제주 가면 제주 표준말을 써 버릇하면 어떨까 하는 궁상스런 생각도 해 본다. 사투리 경연 대회가 정기적으로 자주 열린다면 못할 것도 없다는 생각도 든다. 서울 친척집에 며칠 다녀온 친구가 말끝마다 '~했잖니.'라며 얘기한다. 서울 사람 다 된 듯 간드러진 목소리로 어투가 달라지자 등에 뭔가 스멀스멀 기어다니는 것처럼 머쓱하여 헛기침을 하며 끙끙댄 경험이 나만의 일은 아닐 것이다.

가끔 딸아이가 있는 서울 나들이를 할 때가 있다. 서울에 머물다 보면 너무 조용한 말씨에 귀가 맨 먼저 당황하는 것 같다. 버럭버럭 질러대는 직거래 장터식의 경상도 말씨에 비해 서울말은 부드럽고 나긋나긋하여 좋은 것 같으면서도 왠지 싫다. 고기도 제 놀던 물이 좋다고 했던가. 버스를 타거나 지하철 타서 보아도 눈 감고 입 막은 사람들뿐이다. 부산에 가려고 서울역에 가면 경상도 말씨가 여러 지방말과 섞여 간간이 들려온다. 기차를 타고 대전까지는 눈을 감고 조용히 지낼 수 있다. 아직까진 충청도 땅이기 때문이다. 가끔 누군가가 팔다리를 스치는 것 같아 눈을 떠 보면 커다란 목소리가 왁자하게 들리기 시작한다. 기차가 경상도 땅으로 진입했음을 알리는 신호이다. 우악스런 경상도 사투리에 잠을 깼지만 반가운 마음을 숨길 수 없다. 나도 몰래 사투리가 들리는 쪽으로 귀를 쫑긋 세우고 우물우물 중얼대다 그만 피식거리고 만다. 대구를 지나 밀양을 지나면 집에 다 왔다는 생각에 몸과 마음이 다 가벼워진다. 제주 사람이 부산에서 사십여 년 살다 보니 부산이 제2고향이 된 셈이다.

아내가 외출하려는지 헤어드라이 소리가 오래도록 앵앵거린다.

"시끄럽다, 고마해라."

"아요, 쪼매 기다리소."

제주 사람이 부산에 오래 살았다고 질러대는 소리에 짜증스런 대답이 달려든다. 우리 집은 경남 의령이 고향인 아내와 제주 사람이 소설 속 주인공처럼 아옹다옹대고 있다.

손전화 벨이 울려 받아 보니 제주 선배의 반가운 목소리다.

"창선아, 제주에 언제 올걸고."

"미안허우다, 벌초 때 가쿠다."

한동안 제주 공항의 '혼저 옵서예' 푯말이 뭉게구름이 되어 내 마음속을 꽉 채우고 있었다.

바람이 되어

바람이고 싶다. 바람이 된다.

바람 속의 바람, 한 올 구경꾼이 되어 세상 나들이를 한다.

고비 사막을 지나노라면 수많은 모래알들이 꼭꼭 포옹하며 정분을 나누고 있다. 샘이 나서 바람을 힘차게 밀쳤더니 회오리가 되어 날아오른다. 그 속에서도 모래알들은 떨어질 줄을 모른다. 모래를 데리고 바다를 건너다 보니 파도끼리 흰 거품을 물고 저들끼리 치대고 있다.

외로움을 털어내며 한반도 북쪽에 다다르니 온 천지가 민둥산이다. 낯선 풍경이 싫어 휴전선을 지나 서울이란 곳에서 우선 멈춤을 한다. 빌딩숲 속에 개미 같은 사람들이 황사바람이라며 마스크를 쓰고 이맛살을 찌푸린다. 콘크리트 벽으로 막힌 세상은 바람을 미치게 한다.

매캐한 서울 냄새가 싫어 경기도 들판으로 내달린다. '농자천하지대본'이란 깃발을 흔들며 꽹과리를 울려대는 모습을 본다. 누런 들판에서 허수아비랑 잠시 얘기를 나누다가 방향을 틀어 강원도 산줄기를 따라간다. 이곳저곳 널려 있는 다랭이논 너머 동해에 떠 있는 몇 척의 커다란 배들을 눈으로 품는다.

백두대간을 내달려 남으로 남으로 내려가다 보니 영축산 통도사란 천년 사찰이 보인다. 초록색으로 뒤덮인 사찰을 지나는 길에 작은 암자들이 숨바꼭질하듯 숨어 있다. 참선하는 스님들의 경건한 모습에 흠칫 놀란다. 목탁 소리, 풍경 소리 풀벌레 소리를 벗삼아 잠을 청한다.

우우우 하는 소리에 눈을 뜨니 내가 솔바람이 되어 우는 소리다. 달빛이 창호문에 소나무 그림자를 파도처럼 출렁이게 하는 모습이 정겹다. 이리저리 기웃거릴 때마다 산사의 바람소리는 목탁 소리와 섞여 나무숲을 흔들어 깨운다.

나다니는 게 습성이라 부산으로 갔더니 목하 태풍경보라며 수많은 배들이 항구에 묶여 있다. 선배 바람들이 몽니부리는 서슬을 달래느라 사람들은 '매미', '메아리' 따위의 이름을 붙이고 숨을 죽이고 있다.

세상에는 수많은 바람이 있다. 부는 게 바람인데 사람들은 바람의 세기, 방향, 장소에 따라 바람 이름표를 붙이고는 울고 웃고 야단이다.

실바람, 산들바람, 건들바람, 흔들바람, 노대바람, 왕바람, 싹쓸
바람, 회오리바람, 폭풍, 태풍, 토네이도…. 샛바람, 하늬바람, 마
파람, 갈마바람, 북새바람, 높새바람…. 갈바람, 강바람, 산바람,
갯바람, 골바람, 솔바람…. 어디 그뿐인가. 경제계에서는 돈바람
타령이 시도 때도 없이 튀어나오고, 정치계에서는 야바위바람, 교
육계에서는 치맛바람이 정신없이 썩고 있다. 사랑의 훈풍 속에
휘파람 불면서 신바람나게 사는 방법도 많을 텐데.

무섭게 앙탈대던 바람이 일본 열도를 빠져 나간 뒷날 수영만의
요트 계류장을 둘러본다. 형형색색의 요트들이 정박해 있다. 성
급한 하얀 색의 요트가 오륙도 너머로 파란 바다를 가르며 신나게
달리고 있다. 트로이 전쟁을 마치고 귀향하던 오디세우스에게 역
풍의 자루에서 나온 바람의 신 아이올로스Aeolos가 성질을 부리
는 장면이 생각난다. 저 요트의 멋진 모습은 순풍의 자루에서 나
온 아이올로스가 요트의 돛대 위에서 웃고 있는 것이리라.

요트를 멀리하고 태평양을 휘달려 조그만 제주섬에 이른다. 뱃
고동 소리를 마시고 나서 산바람, 골바람을 앞세우고 계엄군처럼
한라산 기생 화산인 오름들을 점검한다. 저만치 올렛길 사람들이
재재거리는 모습이 보인다. 서귀포 천지연 폭포수에 내리는 무지
개를 한 움큼 모아 한라산에 뿌려 놓고 아래쪽 목초지에서 잠시
쉬기로 한다. 나 혼자 심심하여 구름 속에서 노니는 실바람 친구
를 불러내어 망아지들과 망중한을 즐긴다. 들꽃에도 앉아 보고,

현무암 곰보돌들과 속삭이다가 이웃한 골프장에서 골프공이 데 구르르 홀인원하는 모습을 지켜본다. 사람들의 긴 호흡하는 모습이 우습게 다가온다.

골프장 아랫목을 나서니 돌담으로 만든 과수원이 보인다. 노란 귤 냄새와 함께 시내 구경을 한다. 아담한 찻집이 보여 뜨락에 들어서니 커피잔을 사이에 두고 내가 흔든 은행잎이 떨어지는 것을 보며 아가씨가 젊은이 가슴을 매만지고 있다. 심통이 나 은행나무를 힘껏 흔들어 대다가 시골집 돌담을 찾는다. 어릴 적 돌담 속 추억들이 스쳐 지나간다.

나에게 바람의 이미지는 고향이다. 돌담을 낀 올렛길에서 구슬치기하던 모습이 보이는 듯하다. 돌담을 통해 다람쥐가 들락거리고, 풀꽃이 잠들기도 했고, 사랑도, 그리움도 소통되던 옛정을 기억해 낸다. 소통의 달인이었던 돌담이 나이가 들어 이끼투성이다. 돌담을 드나들던 내 모습이 초라하게 투영된다.

옛 추억을 멀리하고 남해안의 올망졸망 떠 있는 작은 섬들을 지나 널따란 호남 평야에 이른다. 추수가 끝난 들판을 지나는 완행열차를 따라 나선다. 시냇물이 죽어 강이 되고, 강이 죽어 바다가 되며, 바다가 죽어 구름이 되는 순환을 경험하면서 구름들의 수다를 엿듣는다. 코발트색 하늘을 이고 해변 마을을 지나며 길게 기적을 울린다. 기차 지붕 위에서 나비처럼 팔랑거리다가 코스모스로 둘러싸인 학교 운동장을 지나간다. 갑갑한 터널 속에서 짜증내다가 탁 트인 강을 따라 탱고춤을 추기도 한다.

저 기차 안에는 마음속 바람이 일어나 바람처럼 떠나는 누군가가 있을 것이다. 가을 들판 풍경에 취한 저 여인은 무슨 생각을 하고 있을까. 그 여인을 따라 나도 사색의 길을 떠난다. 흔들리는 나를 움켜 잡고 지내온 세월이 고맙기까지 하다.

어디선가 정겨운 노랫소리가 들려온다. '산 위에서 부는 바람 서늘한 바람… 강가에서 부는 바람 시원한 바람….' 풍금을 치면서 아이들과 신나게 불렀던 동요가 향기롭게 내 마음을 적시고 있다. 어찌 이 노래뿐이겠는가. '아침 바람 찬 바람에 울고 가는 저 기러기…', '손이 시려워 꽁! 발이 시려워 꽁! 겨울바람 때문에 꽁꽁꽁!', '가을이라 가을바람 솔솔 불어 오니….', 끝이 없다. 바람 동요를 마음에 쟁이면서 바람과 친구가 되는 아이들을 따라 어른들도 바람과 친구가 되는 자연인이 되었으면 하는 바람이 든다.

바람 속의 바람이 되어 굴러온 인생. 마그리트의 공중에 떠 있는 <피레네 산맥의 성> 그림이 떠오른다. 떠 있는 지구 속의 바람이 떠 있고 나도 떠 있다. 바람은 굴레를 벗어던진 자유의 표상이다.

바람 속 한 올 구경꾼이 드디어 바람이 된다. 자유인이 된다.

고향 그리고 고향

고향인 제주가 매우 싫었었다.

십 년이 넘도록 고향에 가지 않은 적도 있다. 이러다 고향을 영영 잃어버리는 게 아닌가 하고 깜짝깜짝 놀라기도 했다. 고향을 제대로 보지 못하는 소인배가 장황하게 고향 이야기를 늘어놓는다는 자체가 염치없는 짓이기도 하다. 이는 필시 고향에 대한 모독일 수도 있다. 하지만 서글픈 추억 속의 고향을 뭉텅뭉텅 데생해 보고 싶다.

'내일 아침 제주신문'이라고 크게 소리 지르며 신문팔이하던 일, 삭정이 나무하러 다녔던 한라산 중턱 오름, 신문지 바른 사과 궤짝 책상, 삼십 촉 도둑 전기, 바람 불면 시멘트 포대 벽지가 만삭의 배불뚝이처럼 불러오던 사글세 단칸방. 그래도 제주시 산지 포구에서 하루 한 번 오가는 목선인 연락선을 볼 때마다 '저

배를 타기만 하면 신천지가 열리겠지.' 하는 희망이 나를 키운 곳이다. 추억의 프리즘이 빚어내는 고향에 대한 자학은 끝이 없다.

땀으로 범벅이라 발가락 사이로 구정물이 나오는 동문통 언덕배기, 늘 외톨이 신세로 지냈지만 가끔씩은 술래잡기, 딱지치기, 구슬치기, 팽이치기, 자치기를 했던 우석목(돌하르방 본명) 거리가 지워지지 않는 추억이 되어 내 마음 한 켠에 재워져 있다.

1960년대 초 제주 - 부산 연락선을 탄 게 오늘의 뜬구름 같은 처지가 되었다. 그로부터 서른 해가 지나 초등학교 교감이 되고 나서, 마음이 게으른 실향민이 어쭙잖게 고향을 찾았다. 어렸을 적 동네 친구 셋이서 낡은 추억의 필름을 돌리면서 '한일' 소주를 퍼마셔댔으나 머리가 아프기는커녕 전혀 취기가 돌지 않았다. 정신이 외려 말똥말똥했다. 한라산 바람 냄새가 맑아서일까. 고향이 마음을 편하게 해서일까. 나를 찾아나선 며칠간의 귀향이 그간의 온갖 죄의식을 용서받아서 그럴 것이라고 혼자 단정했다. 지울 수 없는 나를 모성 같은 고향에서 제대로 찾은 셈이다.

집에 돌아오자 식구들 모아 놓고 고향가서 살자고 큰소리를 쳤다. 마누라의 대답은 간단하면서도 단호했다. 제주사투리는 조금 알아듣긴 해도 할 줄을 모르고, 아는 사람 한 사람도 없고, 그래서 '못 간다.'였다. 중2, 고1 딸애들은 '너희들 공부는 내가 책임진다'는 말에 동정해서였는지는 몰라도 가도 좋고, 안 가도 좋다는 반응을 보였다. 알량한 자존심이 폭삭 무너지는 순간이었다. 뜬눈으로 밤을 지새고 마누라더러 물었다.

"당신, 고향이 어딘데?"

"에헤. 어딘 어디게, 경남 의령이지."

"뭐야. 주민등록증 꺼내 보라구!"

마누라의 본적과 고향이 다름을 모르는 나의 바보 같은 소리가 지금도 가끔 구설수에 오른다.

다 부질없는 짓. 학교에 가서 생각한 결론은 이민 가서도 사는데, '부산과 제주가 뭐 그리 멀다고.' 하는 자위뿐이었다. 그래 몸뚱이가 고향에 있어야만 하는 건 아니잖은가. 고향이 마음의 굴레로 덮쳐선 곤란하다. 꼭 고향에 묻힐 일도 아니라며 둘러대는 궤변이 변명이요, 위안이 되었다.

작년 겨울 다시 고향에 들렀다. 공항에서 곧바로 길을 물어물어 어렸을 때 뛰놀던 동네를 겨우 찾았다. 나이도 세월도 아랑곳하지 않아 늘 젊다는 고향이 시커멓게 늙어 있었다.

모든 소리가 순하게 들린다는 이순耳順의 나이. 공자가 잘못 짚었는가. 나는 아니다. 거친 건 거칠게만 들리고, 보이는 것도 덩달아 거칠게 보인다. 물신주의에 물든 관광객이 뭉개고, 전시행정에 눈먼 관료들이 빚어 놓은 잿빛 도시, 어린 시절 세상의 중심지였던 우석목 거리도 동문통 언덕배기의 살갑던 초가들도 통째로 달아나 버렸다. 내 가슴에 오롯이 남아 오랜 세월 잠겼던 추억들이 변해 새까맣게 박혀 있다.

산천은 파괴되고 사람들은 자신의 정체성과 인격을 상실하는 시대다. 작위作爲와 인위人爲가 지배하는 기술문명시대. 소박한 자연과 어우러진, 물아일체物我一體의 고향을 회복해야 인간의 존재 이유를 찾을 텐데.

나에게 고향이란 무엇인가. 어렸을 때 추억이 서려 있는 곳만이 고향인가. 아무래도 그곳이 순수한 고향일 테다. 어른이 되어 온갖 세파에 시달린 고향은 잡것이 너무 많이 섞여 있어 투명하지가 않다. 살다 보면 별의별 고향이 지천으로 널려 있게 마련이다. 어릴 적 고향, 마음의 고향, 제2의 고향, 아버지의 고향, 어머니의 고향, 마누라의 고향, 무슨 고향이 이리도 많은가. 고향 아닌 게 없다. 움직이는 고향이란 말이 실감난다. 그렇다 하더라도 시·공간을 초월하여 밀려드는 삼투압 같은 그곳이 심약한 이방인이 기댈 안식처다.

어느 철학자는 고향을 이방인이라고 등식화하면서 현대는 고향 상실의 시대라고 일갈한다. 알 듯 모를 듯하면서도 수긍이 된다. 그래서 그런지 요즈음 사람꼴, 나라꼴이 험상궂기만 하다. 멀리서 마음으로 생각하는 곳, 복고주의적 향수가 스미는 곳을 고향이라고 나름대로 정의해도 될는지 모르겠다. 손에 잡히는 실체로서의 고향만이 고향은 아니다. 내 마음속에 오물거리는 고향을 되돌아볼 일이다.

청승맞게 겨울비가 온종일 푸석푸석 내리고 있다. 어머니의 무덤이 있는 그곳. 그리움의 원적지인 고향은 슬픔과 동의어로 다가온다. 어머니는 고향이다.

제주섬이 기다리고 있다.

거울 오디세이

세상에는 사람의 얼굴이나 마음을 읽어주는 다양한 거울이 있다.

'거울아, 거울아, 이 세상에서 누가 가장 아름다우니?'

백설공주의 계모가 보던 거울은 요술거울이 되어 아이들을 신비로운 동화의 세계로 빠져들게 한다.

물속에 비친 자신의 모습에 정신을 잃고 결국 수선화가 되어 버린 그리스 소년 나르시스. 술에 취하여 뱃놀이하다 물에 비친 달을 건지려다 빠져 죽은 시선詩仙 이태백도 있다. 거울의 기원인 물거울이 낭만적인 전설의 거울이 되어 사람들의 입에 오르내린다.

어린 시절 시냇가에서 검정 고무신을 들고 사계절을 마음껏 내달리며 사랑했던 시냇물은 추억의 거울이다. 모래 알갱이가 살랑

거리고, 피라미가 한가롭게 노니는 잔잔한 물결 따라 일렁이는 내 모습이 가끔 어른거린다. 물속의 나를 물끄러미 굽어보다가 집으로 돌아가곤 했다. 시냇물은 내 거울이었다.

유리거울은 현대인이 놓칠 수 없는 일상의 다정한 친구다. 특히 여자들이 거울을 들고 화장하는 모습은 집안이나 직장만이 아니라 식당이나 도시철도에서도 흔히 볼 수 있는 풍경이다. 콤팩트 거울을 들여다보며 열심히 눈을 떴다 감았다 아이라인을 그린다. 입을 오므렸다 폈다, 쩝쩝 다시면서 입술 화장도 한다. 주위 사람들의 시선엔 별 관심이 없어 보인다. 당사자에게는 미안한 일이겠지만 가만히 훔쳐보는 재미도 있다.

아주 오래전이다. 어머니의 가난한 손거울이 가슴을 아리게 한다. 밑동이 망가져 걸레 뭉치 위에 괴어 놓고 들여다보시던 손바닥 크기의 거울이다. 까만 플라스틱 테를 두른 거울은 어머니가 유일하게 얼굴을 다듬고 머리를 빗질하던 어머니의 요긴한 소지품이었다. 머리 때가 덕지덕지 붙은 가늘고 촘촘한 참빗으로 머리를 빗고, 끝이 조금 휘어진 알루미늄 비녀를 꽂으셨다. 청상과부로 두 아들을 키우면서 반반한 거울 하나 마련할 여유조차 없었던 것 같다.

'애비 없는 자식 소리 듣지 않도록 하거라.'

귀에 못이 박이도록 듣던 쉰 목소리다. 그 이야기가 지금도 속 깊은 울림으로 들린다. 그때마다 거울 속에서 모습을 드러내는 어머니를 만나는 환상에 잠긴다. 세상의 무게에 힘겨워하시던 어눌한 미소도 함께 번져 나온다.

이 세상 장애인들의 희망이 되고 있는 헬렌 켈러는 꼭 3일 동안만 눈을 뜨고 싶은 게 유일한 소망이라고 했다. 눈을 뜬다면 맨 먼저 인자한 설리번 선생님을 몇 시간이고 보고 싶다. 친구들의 모습, 아름다운 나무 잎사귀, 예쁜 꽃, 석양의 노을을 보고 싶다. 다음 날은 먼동이 트는 장면을 보고, 아침에는 박물관, 오후에는 미술관, 저녁에는 보석 같은 별들을 보면서 지낼 것이다. 마지막 날에는 오페라 하우스를 들르고, 영화감상도 하고 저녁이면 네온 사인 거리에서 쇼윈도의 멋진 상품들도 구경하고 집에 돌아와 신께 감사드리고, 저 세상으로 갈 것이라고 했다. 멀쩡한 눈을 가진 사람들에게는 너무나 평범한 것들이다. 헬렌 켈러의 간절한 소망이 감동의 거울이 되어 내 마음에 울컥 파문을 일으킨다.

지금 나는 거울에서 누구를 보고 있는가. 거울의 눈에 나타난 이미지, 거울 속의 나는 현실 속의 분장된 자아다. 눈으로 보는 것은 빛에 의한 장난으로 사물의 본성과는 전혀 다르다. 말할 줄도, 들을 줄도 모르는 거울 속의 정물을 붙들고 이리저리 진단하고 있다. 거울을 보며 그 속의 대상화된 자아가 실재하는 것처럼 이기적인 환상이 일어나 몰입하게 된다. 허구적 자아가 멋대로 봉합되어 참나眞我인 것처럼 주체적 자아가 되어간다. 거울 밖의 '나'가 내면적 자아요, 참나인데 아랑곳하지 않는다. 비정상이 정상으로 둔갑하여 거울 무대에 버티고 있다. 거울이 만들어내는 껍데기를 걷어내고 거울 밖의 나를 찾아볼 일이다.

살아가면서 늘 보이는 것만 보고 산다. 중요한 것은 눈에 보이지 않는다. 사람을 비추는 거울, 그건 조작된 허상일 뿐이다. 좋은 친구와 사귀기 전에 내가 먼저 좋은 친구가 되어야 하듯, 내 마음의 거짓을 도려내는 거울을 먼저 만들면 참나와 소통하는 길이 보인다.

따지고 보면 거울만이 거울은 아니다. 나는 너의 거울이고 너는 나의 거울이다. 꽃은 나의 거울이고 나는 꽃의 거울이다.

거울 속 사람이 빙그레 웃고 있다. '너는 누구냐?'고 묻는 소리에 온몸이 저린다. 유리거울 속 거짓을 밀쳐 낸 아름다운 마음의 거울, 숨어 있는 참나를 찾아 바랑 하나 둘러맨 유목민이 된다.

특별한 도쿄 여행

해방이 되면서 일본에 계시던 부모님께서 갓난아이인 나를 둘러업고 제주에 귀향하셨다. 살길이 막막한 터라 아버지는 다시 일본으로 건너가시고, 어머니는 그냥 고향에 눌러 사셨다. 역설적으로 해방이 아버지와 나를 갈라놓은 계기가 된 셈이다. 내 기억에 아버지 모습이 남아 있을 리 없다. 아버지와 찍은 사진 한 장 없다. 아버지에 대한 주위의 얘기가 전설이 되어 남아 있을 뿐이다.

그 후 아버지와의 만남이 단절된 채 팔자소관대로 어렵게 생을 이어가고 있었다. 가난한 생활이 숙명처럼 이어지고 있었는데 중학교 1학년 가을에 일본에 계시던 서른네 살의 아버지께서 운명하셨다는 소식을 접하게 되고, 이것으로 아버지와의 인연은 끝이라고 생각했다. 그런데 세월이 흐를수록 그 인연은 끝이 아니었고,

지독한 거미줄이 되어 나를 꽁꽁 묶고 있음을 발견하게 되었다.

우연한 기회에 일본인 어머니 주소를 알게 되어 일본인 어머니와 이복 여동생 마사요政代에게 간헐적으로 편지 왕래를 시작하였다. 일본 여자에 대한 어머니의 증오는 끝간 데를 모르고 나를 옭아매곤 했다. 그렇더라도 아버지가 거둔 혈육에 대한 정을 떨쳐낼 수는 없었다. 특히 일본에서 소학교 교편을 잡고 있는 마사요는 나랑 같은 직종이어서 많은 얘깃거리가 오고갔다. 아버지 유골 문제, 두 어머니의 갈등 문제 등 할 얘기가 너무 많았다. 이십여 년을 어머니 몰래 주고받은 편지 끝에 도쿄에서 그들을 만나게 된 것이다.

얼굴도 모르는 아버지의 흔적을 찾는데 육십여 년이 흘러가 버린 셈이다. 피는 물보다 진하다는 평범한 진리를 경험하게 된 것이다. 이제사 갑갑한 세월 따라 아버지의 그림자 속에 갇혀 있던 나를 끄집어 낸 것이다. 참으로 희한하게 뒤틀린 삶이요, 바보 같은 세월이었다. 하마터면 아버지를 영영 잃어버릴 긴 세월이었다.

도쿄에 있는 이복 여동생의 일본식 3층 기와집은 20평 정도의 아담한 집이었다. 여동생은 초등학교 교사이고, 제매는 중학교 교감으로 이 집을 장만하는 데 30년이 걸렸다고 한다.

일본인 어머니 아키야마 나쓰코秋山 ナシ子는 아흔 살이 넘었는데도 지팡이 짚는 것 외에는 정정하셨다. 검버섯 하나 없으셨고, 소탈한 목소리와 사진첩을 보면서 가끔씩 써 보이는 달필은 나와 동행한 아내의 마음을 사로잡는 데 충분하였다.

대화의 주요 내용은 아버지 없이 사느라고 얼마나 고생이 많았느냐는 일본 어머니의 사죄성 이야기가 대부분이었다. 조카들이 신기한 눈빛으로 던지는 이런저런 질문에 응답하는 가운데 오랜 친구와의 만남처럼 따뜻한 분위기가 이어졌다. 국적이란 게 아무런 의미가 없고 장난처럼 느껴졌다.

점심식사로 차려진 초밥을 먹고 다시 지난 과거사 얘기를 나누고 일본인 어머니의 떨리는 손을 맞잡고 사진 찍고 헤어졌다. 여동생의 막내아들이 다니고 있는 도쿄대학교로 향하면서 몇 번이나 뒤돌아보아도 일본인 어머니는 끊임없이 손을 흔들고 있었다. 갑자기 제삿상에 놓인 아버지의 30대 젊은 얼굴이 까닭 없이 겹쳐진다.

어머니가 살아 계실 적에 아버지를 욕하시는 일은 전혀 들은 기억이 없는 것 같다. 아버지와의 그 짧은 삶을 얼마나 값지게 생각하시는지 아버지에 대한 자랑으로 일관하셨다. 그 멋진 아버지를 일본 여자가 망쳐 놓았다고 늘 푸념이셨다. 일본 여자에 대한 원망은 증오 그 이상이었다. 시신 없는 아버지 장례식, 초하루 삭망, 삼년상, 기제사를 지극정성으로 모시는 어머니의 애틋한 마음을 옆에서 지켜보았다. 그런 어머니가 돌아가신 요즈음은 어머니, 아버지의 제사 때 지방 대신 사진으로 합제를 지내는데 젊은 아버지 곁에 있는 어머니가 너무 늙고 추게 보여 안쓰러울 뿐이다. '나는 누구인가.'는 내가 살아 있는 동안 미로에 방황하는 화두일 뿐이라고 생각했다. 아버지가 남겨 놓은 안개 같은 끈, 보이는 듯 보이지 않고 손에 잡히지 않는다.

일본 식구들과의 닷새 동안의 도쿄 여행은 편지로만 주고받았던 아버지의 추억을 길어 올린 사색의 길이었고, 나를 찾아내는 작업이었다. 아버지의 흔적을 더듬어 나가면서 내 마음은 촉촉이 젖어들었고, 마침내는 가슴 벅찬 회한이 비가 되고 강물이 되어 흘러가고 있었다. 아버지 영혼의 씨앗이 영글어 내 마음에 싹트고 있었다.

일본인 어머니께서 살포시 웃으시며 엮어 나가는 이야기는 소설이었으며, 글씨는 맑은 먹의 향이 되어 가슴에 스며들었다. 아버지가 이 일본인 여자를 선택한 수수께끼 같은 이야기는 함박눈 시나리오가 되어 내게 다가왔다. 이국땅의 형제들과의 서툰 대화는 이 세상에서 가장 아름다운 다큐멘터리였다. 국적이 다른 일본 식구들의 포근한 눈빛을 통해 내가 그동안 홀로가 아니었음을, 내가 당당히 살아있음을, 그리고 고통 너머의 행복을 확인할 수 있었다.

지하에 계신 한 많은 어머니도 이제는 그동안의 슬픔을 삭여내어 못난 아들을 용서해 주시리라 믿는다. 내일은 제주섬에 있는 어머니의 무덤을 찾아 하얗게 덮인 눈 털어내고, 말라버린 잡초를 깨끗이 뽑아내어 큰절 올려야겠다.

도쿄 미나토구港區 아카사카赤坂 호텔에서의 마지막 밤, 잿빛 진눈깨비가 사라진 맑은 하늘이 환하게 새고 있다.

아, 아버지의 분신이 너무 많구나.

노 을

하늘이 발갛게 물드는가 싶더니 커다란 붉은 해가 바다 속으로 풍덩 빠져 버린다. 다이빙 선수가 잠수하는 모습을 빼닮았다. 금메달을 매달고 노을로 환생하는 모습, 참 멋있다. 달덩이 같은 해의 담금질이 작은 가슴에 불을 놓아 황홀감에 빠지게 한다.

사범학교 졸업반 시절 습관적으로 제주 사라봉에 올라 서녘 바다를 물들이는 석양을 바라볼 때가 많았다. 그때마다 석양을 무대로 하늘과 바다가 맞붙어 불타는 듯한 감동에 휩싸이곤 했다. 저 멀리 제주 항구의 불빛이 반짝이기 시작하면 내 마음은 어느새 큰 배를 타고 바다를 건너기 시작한다. 내년 봄이면 육지 어느 곳에서인가 교편생활을 한다는 설렘이 주황색 노을과 함께 내 온몸을 감싸는 것 같았다. 노을을 보노라면 바다를 건너 육지로 향하던 그때의 설렘이 담쟁이덩굴이 되어 나를 휘감는다.

하단 을숙도에서 본 낙동강을 덮치던 낙조의 모습은 연인들의 강렬한 밀어처럼 다가온다. 앙코르와트에서 본 일몰은 미지의 세계에 대한 숨결이었다. 실크로드의 중심지 부하라에서의 목화밭 은빛 노을은 대상隊商들의 희망이 아니던가. 노을이 주는 추억의 실루엣은 늘 그리움이 되곤 한다.

저녁노을은 동심을 불러일으킨다. 뉘엿뉘엿 해가 질 때면 온 천지를 휘젓고 뛰놀던 아이들을 불러 세우는 엄마들의 목소리가 노을 속에 잠긴다.

"바람이 머물다 간 들판에/ 모락모락 피어나는 저녁 연기/ 색동 옷 갈아 입은 가을 언덕에/ 빨갛게 노을이 타고 있어요…" 아이들의 동요가 노을과 함께 긴 꼬리를 물고 달아난다.

바람이 다듬은 고운 언덕, 가을 산속의 빨간 물줄기가 한 폭의 노을이 되어 군무를 펼치고 있다. 할머니의 옛날이야기를 듣다가 깜짝 놀란 아이들이 뛰쳐나와 하늘 운동장에서 내달리고 있다. 한 켠에선 삐걱대는 풍금 소리에 맞추어 둥둥둥 북소리, 찰찰찰 캐스터네츠, 통통통 트라이앵글을 울리며 학예제를 펼치고 있다. 놀이가 노을이고, 노을이 놀이인 아이들에겐 올림픽도 오케스트라도 하나의 장난이요, 수수께끼 놀이일 뿐이다.

뒷짐을 지고 느릿느릿 걸어가는 노인의 휘어진 등을 무심코 볼 때가 있다. 노을을 등에 업고 가는 노인의 등뼈를 보면서 지나온 삶을 반추해 본다. 노을은 어린 시절의 시원始原을 그리워하는 이

미지로 출렁댄다. 삶과 죽음이 둘이 아님을 애써 강조하듯 붉은
색으로 고통의 흔적을 지워 버린다. 제주도 서쪽 끝자락 길가에
버려진 가시선인장이 별빛을 머금고, 햇볕을 뱉어 내며 노을 속에
나뒹굴고 있다. 비우는 것이 채우는 것이라는 선시禪詩, 떠나는
임을 보내는 것이 곧 돌아오게 하는 것이라는 <가시리> 노래가
향기롭게 노을 속에 떠돌고 있다. 노을은 낮에 나온 반달을 품고
사막 한가운데를 가로지르면서 그리움도 쉬었다 가는 건널목이
된다. 숙성의 시간을 견뎌 낸 주황색 노을이 아름다운 침묵 속에
번뇌를 떨치려고 참선에 들고 있다.

　노을은 사람 사는 모습을 무대에 펼쳐 놓은 것이란 생각이 든
다. 양치기 소년이 피리를 불며 양떼들을 다른 곳으로 이동시키
는 모습이 보인다. 로미오와 줄리엣의 애달픈 사랑이 발갛게 물
든 모습으로 비치기도 한다. 사랑의 신 에로스가 깜빡 잠이 들었
던 것일까. 어떤 때는 영웅호걸의 비장감이 잿빛으로 달려드는가
하면, 어떤 때는 가냘픈 발레리나의 요요한 보라색이 실빛으로
나풀대기도 한다. 외로워 보이기도 하고, 찬란한 모습으로 나타
나기도 하며, 감격의 느낌을 쏟아 내기도 한다. 죄어드는 나사못
처럼 온몸을 휘돌다가 순식간에 풀어주기도 한다. 그 무엇에도
구애받지 않아 두려움이 없어 보인다.

　노을이 뿜어내는 강렬한 여운에 휩싸이면서 살아 있음에, 생명
이 있음에 감사한다. 하늘 꽃, 저녁노을에는 막 내린 뒤의 쓸쓸함
이 없다. 저녁노을은 어둠을 살라 먹은 별빛이 되었다가, 아침노

을이 된다. 나는 누구인가. 어디로 가고 있는가. 내가 살아온 시간, 내가 살아갈 시간은 노을과 닮았다는 생각이 든다. 노을에서 신비한 우주 창조의 비밀, 영원회귀의 철학을 배우고, 인간의 존재 이유를 읽어 본다.

노을을 바라보는 사람들의 모습은 노을만큼이나 다양하다. 문득 노을도 사람들의 마음을 읽고 있는지도 모른다는 생각이 든다. 노을은 사람들에게서 뭘 보고 있을까. 조그만 탐욕에 들뜬 모습을 보기도 할 것이고, 하찮은 일에 찌든 어두운 표정을 읽기도 할 것이다. 더러는 소용에 닿지 않는 아집으로 집착하는 모습에 놀라기도 할 것이다. 때로는 아름다운 아이들과 뛰놀다가 개인의 이익을 좇아 잔머리나 굴리고, 책임을 피해 핑곗거리나 찾는 위정자들의 비굴한 모습을 보면서 한숨을 쉬기도 할 것이다. 온갖 질투, 이념, 신들의 전쟁에 경악하면서 달아날 것이다. 사람들이 사는 세상에는 이상한 사람도 많다면서.

누구의 그림인지 기억에는 없지만 까마득히 멀기만 한 고갯마루, 빨갛게 노을진 하늘 속을 새까맣게 날아 들어가는 새떼의 모습이 오래된 잔영으로 남아 있다.

노을이 나에게 말을 걸어온다. 인간사, 색즉시공色卽是空 공즉시색空卽是色이라고.

돌하르방의 말

아이들이 돌하르방을 중심으로 모여든다. 숨바꼭질도 하고, 하르방 머리 끝에서 폴짝 뛰어내리다 정강이를 절룩거리기도 한다. 아이들은 돌하르방과 함께 하루 해를 보낸다. 아이 이름을 부르는 엄마의 목소리가 들리지 않는다. 해가 지지 않는다.

'놀이하는 사람'이라는 호모 루덴스homo ludens의 원류가 돌하르방 몸 전체를 관류한다. 사춘기가 된 꼬마는 동네 비바리를 훔쳐보는 데 돌하르방을 이용하기도 한다. 어릴 적 고향 제주의 추억이다.

돌하르방에는 그럴듯한 전설이 미소로 담겨 있다. 새로 부임한 제주 목사牧使가 큰 성문에 밋밋한 돌기둥을 세웠더니 그곳을 지나는 사람들이 아무런 관심도 가지지 않고, 오히려 비웃기만 한다. 그래서 돌기둥을 사람 모양으로 새겨 세워 두면 도둑질과 적의 침입이 없어져 마을이 평안해질 것이라고 생각한다. 제주 안의 모든 석수장이가 모여 사람 모양의 석상을 만들었으나 왠지 마음에 들지 않는다.

어느 날 목사는 길을 가다가 어떤 집 앞에 작은 돌조각들이 놓여 있는 것을 보게 된다. 목사는 그 집에서 새어나오는 이야기를 엿듣는다. 집에는 늙은 홀어머니를 모시고 석수가 살고 있었는데 따뜻하고 효성 어린 이야기가 오가고 있다. 이튿날 목사는 그 석수를 불러 사람 모양의 돌조각을 만들라고 한다. 석수는 뜻밖에도 할아버지 모습 한 조각을 만든다. 할아버지의 얼굴을 본 목사는 무릎을 탁 쳤다. 며칠 전 꿈에 나타났던 금빛 옷의 사람과 너무나 똑같았기 때문이다. 목사는 명을 내려 제주 곳곳에 조각상을 세우게 한다. 신기하게도 조각상이 세워지고 난 다음부터는 도둑이 없어지고, 각종 난리와 전염병이 사라져 버린다. 사람들은 이 조각상이 외롭고 고통받는 자신들을 지켜주는 수호신이라 믿게 되고 고마운 마음으로 돌하르방이라고 부르게 되었다고 한다.

돌하르방은 육지의 천하대장군, 지하여장군과 같은 장승이요, 절간 입구의 사천왕상이 되기도 한다. 북방계 문화는 모든 사악한 귀신들을 겁주어야만 달아난다는 인식 때문에 간담이 서늘한 무서운 표정이다. 낭만적 모습의 돌하르방은 모든 귀신을 웃음과 애교로 쫓아낸다는 남방계 문화의 걸작품이라 할 만하다. 귀신은 귀천하지 못한 불쌍한 원혼이다. 사람은 죽은 다음 이런저런 귀신이 될 것이다. 무시무시한 고문보다는 살풋한 미소로 맞아 주는 남방문화 돌하르방이길 바랄 것이다.

멋이라곤 없을 것 같은 돌하르방. 소박하되 촌스럽지 않고, 미완이되 부족함이 없는 예술품이라고나 할까. 머리엔 두툼한 벙거지, 부리부리한 왕방울눈, 큼지막한 주먹코에 굳게 다문 입, 악다구니를 순하게 받아들일 것 같은 펑퍼짐한 귀, 갸우뚱한 얼굴에 머금은 널따란 미소. 전체적으로 강직하면서도 어리숙해 보여 모든 것을 녹여낼 것 같다. 유달리 커다란 손은 제주 사람들 모두를 보듬고도 남을 성싶다. 전설을 담고 침묵하되 늘 웃고 있는 돌하르방, 제주 사람에겐 부처님과 예수님 같은 구원자인 셈이다.

가끔씩 내 마음을 데워주는 돌하르방은 어떤 도덕적인 관념이나 이데올로기, 이해관계에 물들지 않은 동심의 원류였음을 알 것 같다. 돌하르방은 나의 고향이다. 시외버스를 타고 가는 그런 고향이 아닌 내 마음의 근원이다. 돌하르방은 고향과 타향을 이어주는 징검다리가 되어 귀향의 발걸음을 언제나 가볍게 한다.

제주 국제공항에서 이곳을 오가는 사람들을 맞는 두 개의 돌하르방이 있다. '혼저 옵서예'(어서 오십시오.), '복싹 소가쑤다 잘 갑서'(대단히 고생하셨습니다. 안녕히 가십시오.)라며 손짓하는 자막이 여행객들의 마음을 푸근하게 달래준다. 인정스런 돌하르방을 보면서 어설픈 미학자가 된다. 에스라인이 달아나 버린 돌하르방에서 무한히 뿜어져 나오는 자유를 본다. 한 획으로 그려내는 동양화가의 선의 여백과 리듬이 배어 있는 돌하르방을 파트

너로 삼아 춤을 추고 싶다. 온몸이 곰보투성이인 돌하르방에서 점과 면으로 이어지고 있는 추상화의 숨겨진 고리를 찾는 재미도 맛보고 싶다. 쉼없이 움직이는 선의 생명력과 부동의 위치를 장악하려는 점과 면을 한꺼번에 보려는 욕심 많은 나의 환상에 돌하르방이 야릇한 웃음을 짓는다.

돌하르방에게 ‘당신의 마음을 삼행시에 담아 그려보고 싶다’고 속삭였더니 너부죽한 입술이 씨익 웃고 만다.

하늘 잠긴 긴긴 고독 별빛 속에 묻어 두고
잦아드는 가슴 열어 바다를 포옹했어도
죄어온 사랑의 멍울 터질세라 말이 없다

어멍아 어멍아

"느네 어멍 또 미쳐시냐."

어렸을 적 동네 사람들이 쉽게 내뱉었던 말이다. 또 미쳤느냐는 '또' 소리가 들릴 때마다 온몸이 또 달아오르다가 사그라지곤 했다.

어머니는 잊어버릴 만하면 청상과부의 한을 이기지 못하여 쓰러지셨다. 뭇사람들의 시선을 피해야 하는 표정관리며 몸관리에 지쳐 옹이가 터진 것이었다. 낙락장송 같은 마음이 무너져 내린 허허로움이었다. 덩어리진 한을 뿜어낸 자유인지도 모른다.

느닷없이 일본에서 날아든 아버지의 부음을 받고 시신 없는 초상을 치렀던 어머니의 모습은 지금도 허깨비 같은 영상으로 남아 있다. 굴건제복을 하고 대·소상, 초하루·보름·삭망을 삼 년 내

---

* '어멍아 어멍아'는 '어머니 어머니'의 제주도 방언.
  경상도에서 흔히 사용하는 '어무이요 어무이요' 정도의 뉘앙스를 풍기는 말이라고 할 수 있다.

내 지극정성으로 모시던 어머니는 순종의 노예요, 망부의 화신이
었다. 어머니에게 불경이부不更二夫의 규범은 망부석 그 이상의 징
표였다.

육십이 넘은 어머니가 또 쓰러지셨다. 가난을 벗어나고 손자,
손녀가 재롱을 떨던 그런 시기라 이해하기 힘들었다. 어머니 가
슴에 박히고, 맺히고 덩어리진 한은 그 누구도 어쩔 수 없는 불덩
어리 같은 것이었다. 세월이 흘러 자신의 처지를 새삼 찾았을 때
의 허망함이 원인이라면 원인이겠다. 화산을 지닌 여인의 내밀한
언어를 조금도 이해 못한 나의 불효가 어머니의 허망함에 또 다른
불을 질렀다.

중병을 앓고 있는 어머니는 겹으로 잠근 방에 갇혀 있었다. 이
른 새벽에 아내와 함께 면회를 갔을 때 우린 방관자일 뿐이었다.
면회 시간 전이라 병원과 맞닿은 작은 언덕에서 내려다보니 어머
니가 멍한 눈빛으로 손을 비틀면서 마당의 풀을 뽑고 있었다. 면
회 시간이 되어 기다란 일반 병실을 지나 또 하나의 커다란 자물
통을 열고 어머니가 계시는 독방 철문을 밀어낸다. 알 수 없는
주술을 외우고 있는 어머니의 모습을 보는 순간 온몸이 감전된
듯 그 자리에 멈춰 섰다. 멍청히 서 있다가 손목 한 번 잡아 보고
그냥 나올 수밖에 없었다.

정신병에 대한 수십 권의 책을 읽다 보니 책 속의 주인공들은
우리와 거의 닮아 있으나 조금 일그러진 삶을 살고 있을 뿐이라는
생각이 스쳐 지나간다. 원장 선생과 소주잔을 기울이면서 얻은

결론은 '현대인은 모두 정신병자다. 다만 정도의 차이가 있을 뿐이다.'였다.

어머니의 병마 속에 난 둥둥 떠다니는 한 조각의 구름일 뿐이었다. 탈춤의 가면 같은 가상이 역설로 다가온다. 그 가상 속에 어머니의 그림자가 바로 '나'임을 발견한다. 가면을 쓴 가상의 자아, 페르소나를 벗겨내기가 너무 힘이 든다. 프리즘을 통한 어머니의 스펙트럼은 너무 진하여 그 심연을 알 길이 없다. 어머니의 한을 깨닫는 깨달음이 진정한 깨달음일 텐데 그렇지 못하는 나는 진정 누구인가. 어머니의 한 맺힌 모습은 화석으로 응고된 시간 속에 아직도 그대로 보이는 듯하다.

못난 자식이 철이 들 무렵, 어머니는 이 년여의 산소호흡기로 묵상하시다가 모든 가식을 떼어놓고 십이월 눈 오는 어느 날 레테의 강을 건너 자유의 몸이 되셨다. 달팽이 같은 오체투지의 삶 속에서 판독할 수 없는 고독한 순례 끝에 모든 짐을 내려놓으셨다. 뭉개진 나이테를 멀리한 채.

어디선가 시나위가 잔잔히 울려오는 듯하다. 굿놀이패, 춤사위 꾼들이 저 멀리서 나에게 알 수 없는 신호를 보낸다.

"어머니, 굿마당 한 판 벌여 봅시다. 어머니에게 찐득히 붙어 있는 모든 한을 풀풀 날려 버립시다."

"어머니, 웃으니까 좋네요. 예, 그렇게 그렇게 펑펑 웃으십시오. 웃음 해일, 있다말다요."

그런데 이게 웬일인가. 어머니는 웃고 있는데 나 혼자 왈칵왈

각 울고 있다. 그러고 보니 어머니가 아닌 살아있는 나를 위한 씻김굿이었다. 굿거리 마당은 어머니와 나를 오가는 징검다리 위에서 길게 출렁거린다. 그늘지고 외돌아진 굿판의 몸부림은 새로운 밝음을 향한 몸부림이 되고 있다.

한맺힘을 어르고 풀어내는 춤사위, 삭은 한의 자락엔 흥과 신명, 해방이 먼지처럼 그득하다. 서러움과 기쁨의 리듬이 한데 어울려 앞서거니 뒤서거니 한다. 어느결에 서러움을 밀어내고 기쁨이 몰려드는 틈새에 어머니의 경건한 원형이 우뚝 선다. 어머니의 한이 승화하니 그동안 외로워 서늘했던 그믐달 모습이 따뜻한 보름달의 모습으로 다가온다. 어머니의 끝없는 희생적 파토스는 아름다움으로 변하여 무덤가에 푸른 꽃으로 무성하게 피어오르고 있다.

안으로 여미는 슬픔, 속으로 삼키는 괴로움, 사랑도 스스로 닫아 버리고 달팽이처럼 살았던 어머니의 환한 모습이 나비되어 내 주위를 맴돌고 있다. 한도 승화하면 커다란 아름다움이 되는구나. 어머니는 받는 것은 늘 잊어버리고 주는 것만 생각하는 바보였다. 사랑할 줄 모르면서 사랑만을 남겨 놓은 이상한 사람, 자신을 쉽게 내팽개치는 행복한 사람이었다. 시간을 뛰어넘은 어머니의 모습이 예전과 다른 실루엣으로 다가온다. 어머니의 사랑은 세월이 흘러도 과거가 될 수 없다. 나에게 늘 축복이신 어머니.

"춘설 속에 매화영 벚꽃이영 열심히 꽃망울을 틔우고 있수다. 천 년의 집 그 곳도 봄 아니우꽈. 잘 계십서."

어멍아 어멍아.

욕망의 성城

벽
소리빛
참새야
가방 속의 사람들
계단을 오르며
지구본을 돌리면서
지하철 구경
욕망의 성城
백제의 미소, 금동대향로로 환생하다
모자가 화났다
책을 품다
달집의 일생
창窓 시퀀스

벽壁

유리창에 비가 부딪친다. 물방울이 날벌레처럼 날아들어 매달리고 미끄러진다. 바람을 불러들여 울먹이기도 한다. 엉키고 또르르 구르다가 날개를 접는다. 철봉에 매달린 체력장의 여학생이 양발을 철벅거리다가 손을 놓는 모습을 닮았다.

유리창에 입김을 불어대며 빗금을 긋다 지웠다 한다. 빗방울도 잽싸게 상형문자 답신을 보내온다. 상형문자 유리창에 입술을 눌러 본다. 어항 속의 금붕어가 유리벽에 어른거린다. 잡힐 듯 잡히지 않는 투명한 세계는 유리벽을 사이에 두고 빗방울이 되고 금붕어가 된다.

왼쪽 다리 복사뼈에 이상이 생겨 병원에 열흘 간 입원한 적이 있다. 병실 벽면은 온통 하얀색이었다. 사막처럼 아득한 여백이었다. 그 여백 위에 시선을 굴리다가 머물 곳이 없어 그만 눈을 감아버렸다. 저 넓은 하얀 벽면에 우리 집 거실에 있는 해바라기 수채화를 갖다 걸면 어떻겠느냐고 아내에게 얘기했더니 씨익 웃고 만다. 하얀 벽도 따라 웃는 느낌이었다.

생각해 보면 세상은 온통 벽이다. 사람은 수없는 벽을 만들며 벽 속에 살고 있다. 인종의 벽, 이데올로기의 벽, 종교의 벽 속에 갇혀 진정한 사람이 보이지 않는다. 사람이 사람이기를 거부하고 있는지도 모를 일이다. 마음의 벽은 겹겹이 쌓이면서 허물 수 없는 벽이 되고 있다.

이러한 벽은 이성logos이란 이름으로, 과학이란 미명으로 세상을 고정시켜 재단해 온 서양 철학이 만들어 왔다. 무위자연, 물아일체의 동양 사상은 늘 변화를 추구하므로 고정된 벽이 없다. 이 시대의 아픔은 산수화의 여백으로, 깨달음의 미학으로 치유할 수밖에 없다는 상념에 젖는다.

살아가면서 기원적인 것, 본질적인 것, 순수한 것을 탐구하는 형이상학적인 주제가 은폐되고 있음을 배운다. 원형적인 순수한 인종은 백인이라는 것이 그것이다. 순수가 누리는 영광의 배후에는 유색인종, 혼혈아, 불법이민자들이 그늘로 자리 잡고 있다. 다문화 시대의 인종의 벽은 시대의 아픈 현실로 자리매김하고 있다. 그들에 대한 배려는 누구를 위한 것인가. 타자의 삶에 대한 진지한 마음의 열림은 어렵기만 한 것인가.

한때 세상 사람들은 자유와 평화가 봉쇄된 베를린 장벽이 무너지던 순간 열렬히 환호했음을 기억한다. 페레스트로이카로 소비에트 연방이 해체되고 옐친 러시아 대통령이 탱크 위에서 자유를 외치던 모습이 생생하게 떠오른다. 그때 우리 한반도 국민들은 어떤 마음이었을까. 지금도 우리는 분단의 벽, 이데올로기의 벽에서 한 발자국도 나가지 못하고 있다. 나의 의견과 다르면 적이 되는 현실, 진정한 진보와 보수가 없으니 몸통이 되어야 할 중도도 없고 합의도 없다. 언제까지 이데올로기의 벽 속에서 웅크려야 하는가.

종교의 벽이 주는 역사의 무게는 헤아리기가 어렵다. 신들도 많고, 종교는 더 많다. 신들의 전쟁은 끝날 줄을 모른다. 사람도, 신도 평등을 모른다. 해법 없는 물음만 난무하여 우리를 슬프게 하고 있다. 이 시대의 제우스 신은 누구인가. 신이여, 종교여, 화해의 벽은 진정 없는 것인가.

통도사 극락선원에서 대웅전을 지나 뒷산을 가는데 스님들이 하안거를 수행하는 모습이 설핏 보인다. 끝없는 깨우침의 길에 들어선 모습이다. 깨달음의 원조인 달마대사는 소림사 뒷산 동굴에 앉아 9년 동안 전설적인 면벽 수행을 했다고 한다. 면벽참선面壁參禪. 선禪은 마음을 찾는 수행방법이다. 아무것도 없는 벽을 쳐다보는 일은 곧 자신을 쳐다보는 일이다. 자신의 마음을 쳐다보는 일은 깨우침의 깨우침으로 속세를 떠나는 일이 아닌가 싶다.

숲 속에 푹 파묻힌 고찰이 고즈넉함을 자아낸다. 하루 10시간 이상 석 달 동안 지속되는 면벽 수행. 벌레와 새들의 지저귐도

방해가 될 듯 선원에는 두터운 침묵뿐이다. 벽 속의 스님들의 마음은 정녕 움직이지 않는 것일까. 속세에 묻혀 헤매고 있는 나, 면벽 수행을 하지 않아도 이미 숨 막히는 벽 속에 갇혀 있음을 보는 것 같다.

암자 뜨락을 거닐면서 그동안 불통의 벽, 바보의 벽을 쌓았던 것은 바로 나 자신이었음을 읽는다. 이제 다른 사람의 마음을 이해하고 행복한 소통을 위해 바보의 벽 '나'를 깨트려야 한다며 나도 모르게 합장한다. 찰나의 깨우침이다.

신이 빚었다는 중국 황산黃山, 저 멀리 떨어진 넓고 길쭉하게 뻗어내린 암벽을 보면서 사람들이 고래고래 소리를 지른다. 나도 힘껏 '야호' 소리를 내지른다. 나의 야호가 신기하게도 암벽으로부터 내 가슴에 돌아와 철썩거리는 회음벽回音壁이 되고 있다. 벽이 응석부리고 있다. 벽은 막히지 않았고, 거기서 다시 시작되고 있었다. 나는 회음벽을 면대하면서 골짜기를 휘젓는 매가 되는 환상을 즐기고 있었다.

'88올림픽의 노래', '손에 손 잡고~ 벽을 넘어서' 노래가 지금껏 가슴에 메아리치고 있다. 인종의 벽, 이데올로기의 벽이 허물어졌다가 다시 시작되고 있음을, 벽을 망치로 내리칠 때마다 오히려 벽이 생겨나고 있음을 본다.

나를 확인하고자 마음의 벽을 깨트리고 있는 요즈음이다.
벽 속에 갇힌 나는 무엇인가.

소리빛

덩~ 우우 웅~.

해인사 범종의 웅근 소리가 가야산 능선을 돌아 홍류동 소리길에 웅웅거린다. 하늘의 소리가 터져 빛이 되고, 향기가 되어 수많은 불자의 마음에 불을 밝힌다. 천 년의 세월을 머금은 팔만대장경판 오천이백여만 자 한 자 한 자가 범종 소리를 붓에 찍어 일필휘지를 수놓고 있는 듯하다.

청정한 범종 소리가 소리방울이 되어 내 온몸에 소용돌이친다. 귀가 열리고, 망막이 잠깐잠깐 열렸다 닫혔다 한다. 소리방울 하나하나가 나뭇잎, 바위 틈에 내려앉아 성불하고 있다. 소리방울에 취한 다람쥐가 나뭇가지 사이를 오가며 가벼운 춤 동작으로 연신 입을 오물거리고 있다. 춤사위 너머에선 풀벌레 소리가 수풀더미를 꽉 움켜쥐고 있다.

소리방울이 길게 소리를 매달고 소리길을 다듬고 있다. 소리길을 걸으며 내 존재의 궤적이 한낱 자갈밭길 틈새의 티끌에 지나지 않음을 체득한다. 소리더러 속세의 고통스런 맘을 내비쳤더니 고통을 즐기라고 한다. 앓다가 낫는 맛이 고통이라 타이른다. 고독하다 했더니 고독과 벗하라고 한다. 홀로 즐기며 자아를 만나고 잊어버리는 게 멋있는 높은 외로움이라 이른다.

삼십삼천三十三天을 날아오르는 종소리가 웅웅거리며 시방세계十方世界 중생들에게 삿된 집착을 내려놓고 순리에 따르라 한다. 수순隨順, 늙음도 죽음도 순리라며 이에 따르라 한다. 지금 살아있음이 한없는 기쁨이요, 눈뜰 때마다 행복한 것이 황홀이라 이른다. 마음을 다잡아 탐욕과 증오, 어리석음의 삼독심三毒心을 걷어내라 한다. 지식도 버리고, 언어도 버리고, 무심無心을 얻어 자심自心을 깨치라고 한다. 무심은 마음이 없는 것이 아니라 망상妄想이 없는 것이라 이른다. 소리방울들이 한데 모여 염주가 되고 백팔번뇌를 밀어내고 있다. 범종 소리와 소통하면서 걷는 오르막길에 서 있는 천 년 소나무 등에 온몸을 기댄다. 이슬에 젖은 솔바람의 음향音響이 가만히 속삭인다. '비우라. 비우고 비워 나를 버리라. 버리고 버려서 깨달으라. 그런 연후에 나를 보라.'

범종 소리는 가야산을 품어 안으며 나를 깨뜨리고 있다. 속세의 나를 버리고 부처님이 보낸 보름달을 보면서 가슴을 열어젖힌다. 계곡물이 쉬어가는 소沼를 껴안은 너럭바위에 잠시 육신을 놓는다. 저 멀리 소 밑으로 길게 뻗은 새파란 계곡물이 반짝거린다.

은구슬 소리빛이다. 생명 깊은 곳으로부터 부처님의 미소가 솟아 오르고 있다. 부처님과 가섭존자 사이에서 오간 이심전심의 미소, 옥빛 물결이 바위 속에 안겨 하얀 바위꽃을 피우고 있다. 무릉도 원의 복사꽃이 여기에 모였는가, 범종 소리가 씻어 놓은 하얀 바 위들이 계곡 물빛 따라 좌선하고 있다.

산사는 빛으로 환생하는가. 종소리가 빛이 되니 내 마음도 빛 이 되어 종소리의 한 올이 된다. 이 세상에 빛이 아닌 게 어디 있으랴. 자비도 광명이요, 사랑도 빛이요, 마음의 빛은 지혜로 태 어난다. 빛은 이슬, 꽃, 공기, 구름, 하늘, 땅, 세포 하나하나까지 고리로 붙들고 모든 생명체의 희망이 된다.

범종 소리는 생명의 빛이 된다. 빛과의 만남으로 그 삶이 시작 된다. 범종, 그 소리빛이 어둠 속에 묻혀 있는 작은 씨앗의 긴 침묵을 꽃으로 승화시키고, 진흙 속의 연꽃을 틔우고 있다. 범종 소리가 눈 속의 눈으로 보는 빛이 되어 가슴속의 가슴으로 따뜻하 게 밀려온다. 소리빛 속에 하늘과 땅과 사람이 하나가 되고 있다.

생명의 소리, 범종을 혼탁한 우리 사회 곳곳에 꽃처럼 피우고 싶다. 국회의사당에 범종을 힘차게 울려 때깔 고운 독버섯에 홀 려 있는, 허울뿐인 선량들을 불러내어 닦달하는 꽃. 인간 오염의 근원인 악다구니를 씻어내고 사랑의 빛으로 다시 태어나라고. 교 과부에도 범종을 울려 번뇌 속에 갇혀있는 아이들의 작은 가슴에 울창한 나무숲이 숨어 있음을 깨우쳐 주고 싶다. 끝내는 모든 중 생들 스스로를 깨뜨려야 하리. 범종이여.

둥~ 웅~~.

맑고 은은한 범종 소리가 아름다운 선율이 되어 홍류동 소리길을 흥건히 적시고 있다. 종소리를 둘러쓰고 눈을 감는다. 망상을 걷어내니 내 마음속의 지옥 중생들이 스러진다. 사리 한 알이 허공에 떠 있는 듯하다. 또 망상이구나.

해인사가 따라오면서 소리방울과 소리빛을 흩뿌리고 있다. 온몸의 세포 하나하나가 깨어남인가, 자아를 털어냄인가, 뜬금없이 가슴이 울렁인다.

나무관세음보살…….

참새야

참새 한 마리가 잿빛 초가지붕 위에 동그마니 앉아 있다. 한 밤의 찬 이슬을 털어낸 고즈넉한 모습에서 무한한 공간 속으로 비상하려는 의지를 읽을 수 있다. 날개 깃을 세우고 먼 허공을 응시하고 있다. 위대한 고독이 탄생하려는 순간처럼 엄숙하기도 하다.

뭉그적대던 바다 안개가 아침 햇살을 받아 슬그머니 자리를 뜬다. 사라지는 안개를 보고 있으니 고독이란 말이 떠오른다. 아침 하늘을 응시하고 있는 저 참새 한 마리, 고독은 인간의 숙명이라는 명제를 일깨워 주는 듯하다.

'나'는 더 이상 나눌 수 없는 '하나'이다. 인간의 고독은 에덴동산에서 시작된 원죄의 산물이다. 인간은 본질적으로 고독과 싸워야 하는 외로운 고아인지도 모른다. 범부에서 선지자, 예술가에 이르기까지 그들의 인생행로는 고독으로 점철된 발자국을 남기고 있다. 민족의 양심을 벼리기 위해 조국을 떠났던 선지자들, 하나의 작품을 완성하기 위해 치열하게 자기 유배의 길을 선택했던 예술가들의 고행은 고독의 아름다움을 면면히 이어가고 있다.

일요스페셜 프로그램인 '사하라에서의 7일'이라는 다큐를 본 적이 있다. 이레 동안 250킬로미터의 사막을 달려야 하는 사막 마라톤. 살아남기 위한 처절한 몸부림을 보면서 인간의 존재이유가 무엇인지 자문해 본다. 자신의 존재를 확인하는 그들 모습에서 사막과 신기루가 인생행로임을, 살아있는 것 자체가 삶의 이유가 됨을 확인할 수 있었다. 고독한 삶이 존재이유로, 나를 찾는 길임을 배운다.

예로부터 고독은 철학의 주제이며 예술가의 심오한 피난처였는지도 모른다. 보다 나은 차원을 찾기 위한 진지한 삶에서 고독은 숙명적인 것이었음을 본다. 자신의 내적 세계를 한없이 응시하면서 사색하는 일은 고독이요, 고독은 사색을 위한 조건이 되고 있음을 안다. 고통 속에서 자신과 대면하는 시간을 갖는다. 나를 조용히 명상하는 시간, 고독은 어떤 의미에서는 구원의 시간이기도 하다.

위대한 사상가들은 고독을 사랑하고 찬미하기까지 한다. 니체는 '고독은 나의 고향'이라면서, 고독한 산책길에서 사상의 영감을 얻는다. 칸트도 고적한 숲 속 산책에서, 스피노자는 홀로 렌즈를 닦으면서 사색을 연마했다. 이 세상에서 가장 강한 사람은 고독한 인간이라는 명제가 틀린 말은 아닌 성싶다.

고독이란 단어는 범부가 접하기엔 너무 멀리 떨어져 있는 말로 다가온다. 고독의 스펙트럼은 의식수준, 생활수준을 색깔의 차이로 그 의미를 달리 보여주고 있는 듯하다. 고독이란 말을 이리저리 굴리다 보면 완전한 자유의 상태가 아닌가 하는 생각이 든다. 그러니 고독을 즐겨야 한다는 말이 생겼지 싶다. 고독에서의 도피는 자유에서의 도피이니 피하지 말라면서 작은 철학자가 된 것 같은 망상에 젖기도 한다.

하지만 고독을 멀리하고 싶은 게 인간의 모습이다. '완전한 고독 속에서 살 수 있는 것은 야수나 신뿐'이라는 아리스토텔레스의 말을 빌리지 않더라도 말이다. 고독 속에서 영감을 얻는다는 것을 인정하더라도 인간은 사회적 실존이기에 고독 속에서만 살 수 있는 존재는 아니다. 인간 실존은 고독이란 본질적 의미를 앞선다. 고독은 사색하기 위한 단어이지 실존적 안식처와는 상당한 거리가 있어 보인다. 사람들끼리 부대끼다 보면 조용한 산이 그립고, 자연 속에 있다 보면 문명이 그리운 게 인지상정이다.

고독도 이런 범주에서 크게 일탈하지 않을 것 같다. 대중 속에 있으면 혼자 있고 싶고, 혼자 있으면 사람들과 아옹대는 사회가 그립게 마련이다. 혼자만의 고독은 감상적인 운치 너머의 외로움이다. 낯선 군중 속에서 이방인 같은 고독을 느낄 때가 혼자인 고독보다 더 외롭다는 것을 느낀다. 현대인은 군중 속의 고독의 비애를 체감하고 있는 것이다.

주위가 부산스러운 걸 보니 하루가 열리는 모양이다. 출근길마다 겪는 버스·전철의 기계 소리가 나를 옭아매기 시작한다. 버스의 경적 소리, 지하철 굉음, 사방에서 날아다니는 휴대전화 소리, 온 천지가 소리덩어리이다. 소리 속에 살면서 시끄럽다며 침묵을 꺼내보지만 웬 침묵이냐며 사람들이 비아냥거리는 듯하다. 귀를 닫아 보지만 온몸의 세포가 소리를 끌어들인다. 강물처럼 흘러가지만 한결같이 내 몸속에 머물고 있는 폭력적인 소리의 파동을 그냥 놔둘 수밖에 없다.

소리 속에 살면서 때로는 소리가 달아날까봐 불안해지기까지 하다. 소리의 무상함을 외쳐보지만 혼돈 속에서 어둠이 밀려오기도 하고 기쁨이 반짝거리기도 한다. 알 수 없는 분절 속의 나는 고독 너머의 고독을, 신기루 같은 고독을 기다리고 있는지도 모른다.

외롭게 살면서 그 외로움을 잊어버린 듯이 살고 있는 간이역 같은 연기자가 바로 '나'임을 본다. 고독이라는 막춤을 추면서 고독이 삶을 껴안고, 삶이 고독을 위무할 때 아름다움이 생겨날 것이다. 그것은 둘이 아닌 하나가 되는 이심전심의 춤이 될 것이다.

해가 뜬다. 여명을 깨고 날아든 참새야, 밤새 묵상했던 그곳으로 훨훨 날아가려무나. 꽃빛·빛꽃이 되어, 화엄꽃이 어우러진 고독 속으로, 참새야.

가방 속의 사람들

우주라는 보이지 않는 가방 속에 지구가 들어 있다. 지구 속 사람들은 가방을 메거나 들고 아파트, 버스, 기차, 학교와 같은 커다란 가방을 향해 발걸음을 재촉한다. 어쩌면 사람의 일생은 근원적으로 가방에서 시작하여 가방으로 끝난다는 생각이 든다. 이는 가방의 존재 이유와도 맞닿아 있다. 어머니의 모태에서 무덤까지.

아래층 유치원 꼬마의 노란 가방은 색종이, 초콜릿, 수수께끼 꿈으로 가득 차 있을 것이다. 꿈이 부풀어 올라 '펑펑' 쏟아지는 날도 있다. 날아다니는 꿈을 주워 담느라 당황해 하면서도 웃고 있는 꼬마의 모습이 애니메이션의 주인공을 빼닮았다.

아침마다 버스·지하철에서 쏟아져 나오는 중·고등학생들. 어깨를 짓누르는 책가방 그리고 보조가방을 주렁주렁 매달고 총

총 걷는다. 아이들의 어깨가 하나같이 축 처져 있다. 대한민국의 미래도 힘없이 늘어지는 것 같아 안타깝다. 가슴속 가득한 노벨상 꿈이 가방에 들어 있을 까닭이 없다. 가학적인 가방 속의 아이들 모습이 파김치가 되어 길게 늘어서 있다.

저들의 배불뚝이 가방 속엔 무엇이 들어 있을까.

교과서, 참고서, 공책, 문제집…, 시집은 무거워서 넣었을까 말았을까. 아마도 시집은 덜어냈을 것이다. 어른의 집착이 아이의 집착이 되어 시집도 고전도 멀리하고 있다. 문제집으로 꽉 차 있어야 한다는 학대에 가까운 생존법칙을 만들어 내고 있다. 이런 아이들이 자신의 가방을 들여다보면서 사랑, 이상, 꿈 따위를 찾아보기나 하겠는가. 어린 왕자처럼 자기 별의 장미꽃이 가장 소중하다는 것을 깨닫게 될 날이 오기나 할 것인가.

여자들의 가방 속엔 무엇이 들어 있을까. 가방이 여인이고, 여인이 가방으로 보인다. 비가 오나 눈이 오나 사시사철 가방 없는 여인을 찾기가 쉽지 않아 더욱 궁금하다. 화장품, 카드, 돈지갑, 다이어리 등 생활에 필요한 모든 것이 들어 있을 것이다. 여자들의 외출 가방은 전쟁터에 나갈 때 반드시 갖추어야 하는 야전 가방 못지않을 것이란 생각이 든다.

중동 건설 현장에서 몇 년 일하고 귀국하는 한 무리의 노동자들 모습이 텔레비전 화면에 비친다. 바퀴 달린 가방을 끌며 새까만 얼굴에 하얗게 웃으면서 공항을 빠져 나온다. 마중 나온 가족들과 포옹하며 그동안의 인고의 세월을 한꺼번에 날려보내는 넉

넉한 모습이 아름답다. 그 틈새로 가냘픈 네모 가방을 든 외국인
이 혼자서 걸어 나온다. 왠지 초라한 느낌이다.

바퀴 달린 큰 가방을 보니 시골 친구의 이야기가 떠올라 내 가
슴을 아리게 한다. 나이 많은 부모님을 동남아시아로 4박 5일 동
안 효도 여행시켜 드린 얘기다. 두 분을 위해 큼직한 가방 하나를
사서 물건을 챙기는데, 영 채워지지 않더란다. 자신은 국내 여행
을 하더라도 여행 가방을 하나 가득 채우고도 모자라 배낭을 메고
손지갑을 들고 떠나는데, 부모님 여행 가방은 뭔가 부족한 것만
같더란다. 멋진 분홍색 티셔츠를 두 분께 사 드리고 여행 준비물
로 속옷, 여벌옷, 세면도구, 혈압약, 관절약, 구급약, 사탕, 쥐포,
콩자반을 넣으니 더 이상 채울 게 없더라면서 가슴 아파한다. 무
엇인가 더 채우고 싶었지만 부모님께선 한사코 손사래를 치시며
반쯤 차다 만 가방을 보면서 매우 흡족해 하시더란다.

'친구야, 그래도 자넨 효자일세. 난 어머니 살아 실 적 국내 여
행도 제대로 시켜 드리지 못했는데….'

저승에서 자랑할 얘기가 없어 외톨이로 지내실 어머니의 모습
이 보이는 듯하다.

'어머니, 금년 제사엔 상다리가 부러지게 모시겠습니다. 친구들
몽땅 모시고 오십시오. 큰 가방도 하나 준비해 두겠습니다.'

나에겐 일주일에 한두 번씩 들고 다니는 대학생용 가방이 하나
있다. 처음 가방을 들었을 때, 마누라의 눈빛을 어떻게 표현해야
할까. 한국전쟁 직후 동네를 돌아다녔던 채권 장사 같다는 비아

냥에 어렵사리 숨어들며 땅만 보면서 가지고 다녔다. 한 십 년 들고 다니다 보니 모서리가 심하게 닳아 영락없는 시골 이발사의 가방이요, 미장이가 흙칼이나 망치를 넣고 다니는 가방같이 초라하기 짝이 없다. 그래도 나에겐 소중한 반려자이자 솔메이트이다. 가방을 열어 볼 때마다 오래 묵은 향긋한 포도주 냄새가 책내음과 함께 스며 나온다. 가방은 나만의 세계, 삶의 때가 고스란히 묻어 있는 친구요, 스승이다.

가방 속 사람들, 오늘도 가방을 벗하며 가방이 되고 있다.

밀짚 가방에서 귀뚜라미가 튀어나오듯, 중·고등학생의 책가방에서도 명시 한 줄이 삐져나오고, 여인의 샤넬 가방에서도 무지개 사랑이 찰랑댔으면 싶다. 그래야 우주라는 가방 속 지구촌 사람들이 가방과 함께 한결 행복해질 것이다.

계단을 오르며

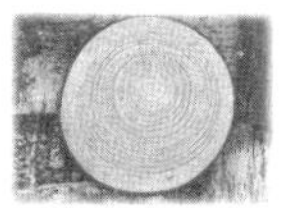

인문학 그룹 스터디를 마치고 부산대역에서 1, 3, 2호선, 지하철과 버스를 환승하면서 집까지 온다. 아파트 입구에 이르니 1층 엘리베이터 입구에 '점검중'이라는 빨간 불이 켜져 있다. 밉상스럽다. 경비실에 문의했더니 한 시간은 걸린다고 한다. 22층까지 걸어 올라갈 생각을 하니 눈앞이 캄캄하다.

내가 이용하는 지하철은 하나같이 많은 계단이 쭈욱 뻗어 있어 계단을 오를 때마다 나름대로 몸과 마음을 추스르는 한 가지 방법을 익히고 있다. 꼭대기는 보지 말고 한 계단 한 계단씩만 보기로 하자. 열 계단쯤 오르면 숨을 고르고, 다시 하나, 둘, 셋 세기 시작한다. 이러다 보면 질리지 않고 계단 꼭대기에서 파란 하늘과 얼굴을 맞대게 된다. 높은 산을 오를 때도 마찬가지다. 나무와 꽃,

돌들을 보고 그냥 즐기면서 오르는 사이 어느덧 꼭대기에 이른다. 사막을 뚜벅뚜벅 건너는 낙타를 떠올리며 걷기도 한다.

1, 2, 3층은 걸을 만하다. 하얀 쟁반에 파란 구슬 구르듯 사뿐사뿐 걸어가는 꼬마 아이를 그려 본다. 계단 창 너머 사람들이 오가는 모습이 점점 멀어진다.

4, 5, 6층, 다리가 아프기 시작한다. 7, 8, 9층 계단엔 어린이용 자전거가 자물쇠를 채우고 있다. 까맣게 탄 아이의 모습이 보이는 듯하다.

10층. 평소에 보면 엘리베이터가 가장 오래 머무는 환승역 같은 곳이다. 바쁘게 살아가는 사람들이 살고 있을 거란 생각을 하며 잠시 쉰다.

11층. 절반을 올라온 셈이다. 가난한 초등학교 시절, 도화지를 반으로 접어 그림을 그렸던 생각이 난다. 가방을 왼쪽 등으로 옮겨 매고 다시 올라간다. 전쟁 시 털털거리던 쓰리쿼터마냥 가다, 멈췄다를 반복하며 올라간다.

14층. 멈춰 선 엘리베이터는 기계 덩어리일 뿐임을 느낀다. 디지털 세상의 엘리베이터, 에스컬레이터, 케이블카는 삶의 계단을 멀리하고 있다. 디지털 시대의 하이테크는 너무 삭막하다. 아날로그의 하이터치가 사람 사는 세상임을 알 듯하다. 지금 계단을 오르고 있는 나는 온통 아날로그 계단이 되고 있다. 언젠가 암자를 찾아가고 있을 때 마음을 비웠느냐며 멀리 달아나던 나무 계단이 생각난다. 새소리, 바람소리에 속세의 귀를 헹구어 내고 은은

한 솔향기에 맑아지던 그 계단이 한 폭의 그림처럼 머릿속에 아른 거린다.

15층. 다리가 후들거린다. 계단에 퍼질러 앉아 오랫동안 숨을 고르며 내가 늘 이용하는 지하철 계단을 생각한다. 지하철 계단을 두세 계단씩 뛰어오르는 젊은이가 보이는 듯하다. 자동계단인 에스컬레이터에서 사람들을 밀치며 잽싸게 건너 뛰어 올라가는 학생들이 어른거린다.

계단階段은 단계段階이다. 단계는 곧 과정이다. 초등과정, 중등과정, 고등과정을 거쳐 사회생활을 하는 인간 존재를 그려본다. 교육과정은 평생학습과정으로 이어진다. 인생은 과정이다. 젊었을 때의 조급증은 경험의 결락缺落을 가져와 방황하면서 잘 굴러가고 있는 사회체제를 왜곡시키고 있음을 많은 사람들은 경험하고 있다.

16층. 다시 주저앉는다. 계단 끝에 술병과 담배꽁초가 어지럽게 널려 있다. 간밤에 집들이한 퇴적물인가 싶다.

17층. 머리가 어지럽다. 계단 창문을 여니 용호만 바닷바람이 밀려온다. 그 바람조차 답답하게 느껴진다.

18층. 조금 걷다가 다시 주저앉는다. 저 멀리 이기대공원 산자락이 보이지만 반갑지 않다. 용을 쓰며 한 계단을 겨우 오른다.

19층. 계단 하나 때문에 절망하는 장애인의 안쓰런 모습이 떠오른다. 계단 하나의 의미가 절망을 희망으로 바뀐다는 걸 절실히 느낀다.

20층. 고지가 저긴데 예서 멈춰선 안 된다고 생각하며 양손으로 한 다리씩 겨우 끌어올린다.

21층. 갑자기 손전화가 울린다. “시계가 죽었어요. 집에 올 적에 건전지 두 개 사 오세요.” 아내의 목소리다. 알았다며 손전화를 끊는다. 뭘 알았는지 모르겠다. 시계가 죽었다니, 나도 죽고 있다고 말할 걸 그랬다 싶다.

드디어 22층 2202호 앞이다. 단테의 ≪신곡≫이 펼쳐내는 기회의 땅 연옥을 지나, 희망의 땅인 천국으로 가는 아홉 번째 계단 앞에 섰다. 땀범벅, 죽을상인 나를 보는 아내의 모습은 어떨까 생각하니 피식 웃음이 나온다. 천국에서 단테를 맞이하는 베아트리체의 사랑스런 모습은 아닐 것이다. 있는 힘을 다해 현관 벨을 누른다.

지구본을 돌리면서

"윤영아, 니 내 딸 맞나?"

우즈베키스탄 타슈켄트에 있는 막내에게 보낸 편지의 서두이다. 대학에서 전공한 언론정보학은 저만치 밀쳐 두고 10여 년 동안 생뚱맞게 인도, 중국, 베트남, 러시아에서 봉사한답시고 떠돌아다니다가 지금은 한국국제부흥단KOICA 단원으로 우즈베키스탄에 머물고 있다. 외국 나다니는 귀신이 쓰인 것 같다.

멋진 딸 두었다고 남들은 쉽게 얘기한다. 시적인 삶은 문학 얘기요, 노마디즘적인 삶은 텔레비전에서나 보는 얘기일 뿐이다. 2년간의 체류 기간이 끝나면 나와 함께 인생 설계를 다시 세우자고 다그치면서도 '데미안'의 '알은 새의 세계이다. 태어나려고 하는 자는 하나의 세계를 깨트리지 않으면 안 된다. 그 신의 이름은 아브락사스Abraxas다'는 글귀를 되짚어본다. 새장 밖의 삶을 살면서 자신을 사랑할 줄 아는 아이의 마음을 읽어 내면서도 '봉사가 밥 먹여 주나.' 하는 속된 투정이 애비의 마음을 아프게 흔든다.

한때 잘 나가던 어느 대기업 대표는 "세상은 넓고 할 일은 많다."라고 말했다. 지구를 몇 바퀴 돌고 또다시 ≪지도 밖으로 행군하라≫는 책을 써서 베스트셀러 작가가 된 어느 여성의 거침없는 아름다운 삶은 상상의 세계에 갇혀 지내는 나에게 깨어나라고 온몸을 콕콕 찔러댄다.

내 차에는 그 흔한 내비게이션이 없다. 내비게이션이 지시하는 대로 찾아간다면 마을 풍경, 자연 풍경을 놓치고 길만 보게 된다. 현대인은 내비게이션 시스템에 중독되어 있다. 디지털은 사람의 감정을 철저히 뭉개버린다. 나는 여행할 일이 있으면 지도를 보면서 더듬더듬 찾아간다. 종이 지도를 바스락거리며, 잘못 짚은 탓에 반복하는 귀찮은 일이 있어도 그 느린 아날로그 감성이 좋아서라며 자위한다. '본래 땅 위에는 길이 없었다. 걸어가는 사람이 많아지면 곧 길이 되는 것이다.'는 중국작가 '루쉰'의 말을 되씹으며 내가 처음 만나는 길은 지도에 없는 멋진 길이라며 우겨댄다. 마젤란이 세계 일주 항해를 하게 된 연유도 잘못된 지도 때문이었다고 변명하기도 한다.

어머니 살아 계시던 15년 전쯤, 학사시찰로 중국북경에 다녀온 일이 있다. 귀국하면서 어머니에게 드릴 우황청심원 한 상자를 들고 오면서 아내에게는 빈손으로 왔다. 왜 아내의 선물을 사들고 오지 않았는지 기억이 나지 않지만, 아내는 그 일을 잊지 않고 가끔 공격 무기로 유용하게 들먹이곤 한다. 아내는 컴퓨터를 닮았다. 컴퓨터의 성sex은 여성이라 하는데 그 이유는 아무리 사소한 것이라도 메모리 속에 저장해 두었다가 재생산하기 때문이라는 것이다. 그로부터 나는 식구들에게 여행수칙을 정하여 내 마음을 전달하였다. 국내든 국외든 여행할 때는 절대 선물을 사지 말라고, 선물 산다고 여행 망치는 일이 있어서는 안 된다고 몇 번이나 강조했다. 정 마음이 편치 않으면 만원 이하, 볼펜 한 자루면 족하다고 선언하고 있다.

요즈음은 아내의 선물 얘기가 잦아드는 걸 느끼면서 왜 그런가고 물었다. 선물 얘기는 그냥 해본 거란다. 나는 최근 아내가 초등학교 친구를 만나게 되면서 그녀의 기억력은 어렸을 적부터 골목길에서 뛰놀면서 길러진 것이었음을 확인할 수 있었다. 다음에 여행할 일이 있으면 식구들 몰래 만 원을 훨씬 초과하더라도 화장품 한둘 사는 즐거움을 꼭 가져볼 생각이다. 세상에는 행하고 후회하는 일보다 하지 않아서 후회하는 일이 더 많다는데 이를 경험해 볼 참이다.

텅 빈 아이들 방을 지구본이 외롭게 지키고 있다. 지구본을 돌려 본다. 42년 독재가 무너지고 있는 리비아가 보이고, 그 옆으로 30년 독재가 무너진 이집트가 지나간다. 이슬람 지역에 민주화 바람이 불타고 있음을 본다. 유럽을 지나 지진으로 아우성인 핏빛 뉴질랜드에서 잠시 멈췄다가 내 뿌리가 있는 한국을 보며 상념에 젖는다.

뿌리 없는 세계화는 무슨 의미가 있을까. 그것은 노예화요, 생존이 보장되지 않는 길임을 확인한다. 태평양을 지나 미국에 눈이 꽂힌다. 신자유주의 한·미 FTA가 뭐 별거냐고 말하고 있는 듯하다. 또 한 번 지구본을 돌린다. 빠르게 돌아간다. 큰 나라, 작은 나라 할 것 없이 세 살배기 오줌싸개가 그린 오줌지도가 되어 어지럽게 돌아간다. 23.5도 기운 채 지구본이 멈춰 서면서 딸에게 말을 건넨다.

'바보야, 돌아올 땐 돌아오는 거야. 머뭇대지 말고.'

지하철 구경

세상을 마주보고 재단하는 단면
도는 고스란히 지하철에 있다. 그렇기에 지하철은 나에게 친구
이상의 다정한 친구가 된다.

서면 환승역에 이르니 많은 사람들이 밀물, 썰물이 되어 오르내
린다. 사십대 후반쯤으로 보이는 뚱뚱한 아주머니가 사냥감을 찾
는 수리부엉이마냥 빈자리를 찾고 있다. 전동차 안에서 처음 위
치를 잘못 잡으면 내릴 때까지 서서 가야만 한다는 것을 누구나
경험으로 알고 있다. 그녀는 자리가 나길 바라지만 끝내 성공하
지 못하고 찌푸린 오만상이 내 눈과 마주친다. 안쓰러운 마음에
내가 일어서며 자리를 권하자 끝까지 사양한다. 아마도 나의 주
름살을 보고 자신의 운산법運算法으로 재빨리 판단한 모양이다.

마음이 청춘이면 몸도 청춘이 된다던가. '인간은 호기심을 잃는 순간 늙는다.'는 피터 드러커의 말을 떠올리면서 맞은편 좌석의 20대 아가씨를 클로즈업하여 주시한다. 이어폰 줄을 핸드백에 넣은 채 음악을 듣는지 눈을 지그시 감고 있다. 마음 놓고 그녀의 모습을 관상가처럼 뜯어보기로 한다. 갸름한 얼굴, 긴 생머리, 미간은 달걀꼴이고, 코는 오똑 솟아 있는 자그만 얼굴이다. 갑자기 주위가 환해졌다. 전동차가 땅 위로 나온 모양이다. 그녀가 눈을 뜨고 두리번거리다가 고맙게도 다시 눈을 감는다. 코밑 인중에는 뽀얀 솜털이 남아 있고, 아무런 덧칠을 하지 않은 자그마한 입술, 그래도 달걀 반쪽은 먹을 성싶다. 갑자기 그녀가 사라졌다. 청바지 입은 남자가 그녀 앞에 섰기 때문이다. 가끔 청바지 사이로 그녀의 굽높은 갈색 구두가 보일 뿐이다. 키가 작겠구나 생각하고 있는데 청바지 까만 구두만 보인다. 그렇게 그녀는 내 시야에서 사라졌다.

어디선가 흘러간 올드 팝송이 울려 퍼진다. 140곡이 수록되어 있는 CD 8장을 단돈 만 원에 드린다며 40대 남자의 허스키 목소리가 지나간다. 영어 가사집도 덤으로 드린다며 토끼 눈을 번득이며 두 번 세 번 왔다갔다 한다. 사는 사람이 없다. 컴퓨터로 음악을 다운받는 세상이라 그런지도 모르겠다.

지상철이었던 열차가 다시 큰 숨을 내쉬며 바다 속으로 잠수하는 고래처럼 지하로 들어간다. 딱딱 소리에 쳐다보니 잡상인이 혁대를 반으로 접어 내는 소리다. 백화점 납품이 막혀 부도 직전이라면서 오천 원에 거저 드린다며 눈물의 세일을 한다. 값싼 동정심에 하나 살까 하다가 아내의 얼굴이 떠올라 그만 둔다. "열차에서는 물건을 사지도 팔지도 맙시다."라는 안내 방송이 헛돌고 있어 마음이 복잡하다.

어디선가 뽕짝 소리가 들린다. 검은 안경을 쓴 사람이 지팡이를 더듬거리며 플라스틱 작은 소쿠리를 들고 지나간다. 몇 사람이 동전을 던져 넣는다. 나도 반사적으로 동전 한 닢을 소쿠리에 넣는다. 얼마나 모였을까 괜스레 궁상맞은 생각이 든다.

갑자기 좌석이 조여드는 것 같아 옆을 봤더니, 오십대 중반의 거구인 남자가 엉덩이를 사정없이 비집고 들어오고 있다. 등이 벽에 닿을 때까지 맷방석 엉덩이를 몇 번 용틀임한 후 다리를 쩍 벌리고 나서 달달 떨기 시작한다. 가뭄에 물 만난 지렁이처럼 포만감에 젖어 눈을 감은 얼굴이 넓적가오리 같다. 일어설까 하다가 오기 같은 게 밀려들어 그냥 눌러앉는다. 앞을 봤더니 손바닥만한 거울을 들고 열심히 마스카라를 바르는 아가씨의 머리 위로 하나 가득 검은 유리창이 펼쳐진다. 검은 창에 웬 대머리 얼굴이 반짝인다. 익숙하다 싶었는데 내 모습이다. 아까부터 앞좌석 대머리 중로가 웃으며 자꾸 나를 보는 게 수상쩍다 했더니 그 이유를 알 만하다.

어느 역에선가 한 무리의 고교생들이 차에 오른다. 마치 콸콸 흐르는 시냇물마냥 넘쳐난다. 하교 시간인가 보다. 무슨 말들이 그리 많은지 순식간에 차 안이 시끌벅적하다. 하나같이 손전화를 눌러대며 재잘거린다. 폴폴 날리는 떡볶이 냄새가 싫지만은 않다. 저 아이들, 공부하기에 얼마나 힘이 들까 하는 생각을 하다 보니 그냥 예쁘게만 보인다.

한 노인이 노약자 좌석에 앉아 있는 젊은이에게 호통을 치고 있다. "요즘 애들 건방져."라는 말은 이집트 파피루스에도 적혀 있다는데 세월이 흘러도 쉼없이 반복되고 있음을 느낀다. 노약자 좌석을 두고 일어나는 노인과 젊은이 간의 다툼은 가끔 보는 서글픈 풍경이다. 처지를 바꾸어 보면 자리에 앉고 싶은 마음이야 젊은이 역시 마찬가지일 것이다. 젊은이가 말은 없지만 아픈지도 모를 일이다. 나이는 권위의 징표가 아니다. 자리를 양보해 주지 않았다고 횡포부리듯 싸움을 거는 노인들을 가끔 보게 된다. 자신의 인격과 감정이 소중하면 상대방의 그것도 소중하다는 것을 망각한 것 같다. 고령화 사회, 나이가 무기가 되어선 곤란하다. 노약자 좌석에 앉지 않고 일반석에 있었다는 게 다행이다 싶다.

너댓 살쯤 되어 보이는 남자애가 지하철 복판을 마구 휘젓고 다닌다. 넘어졌다, 일어섰다를 반복하다가 열차가 멈춰 서는 바람에 크게 넘어진다 싶더니 앙탈을 부리며 울어댄다. 모시 적삼을 입은 점잖은 할머니가 아이를 일으켜 세우려는데, 아이가 난리를 피울 때는 딴청을 부리던 젊은 엄마가 잽싸게 아이를 낚아챈다. 할머니에게 쏘아대는 쌀쌀맞은 눈초리가 영락없는 고슴도치다. 저 아이가 크면 개념 없는 행동을 시도 때도 없이 저지르겠지 생각하니 기분이 개운찮다.

우리의 지하철 문화는 외국인들에게 어떻게 비쳐지고 있을까.

내가 경험한 일본, 러시아, 심지어 우즈베키스탄 타슈겐트 지하철 풍경은 너무 조용했다. 우리의 시끄러운 지하철 문화와는 사뭇 대조적이다. 예의와 염치를 아는 일이 중국의 기본 덕목이요, 남에게 폐 끼치지 않는 것은 일본의 으뜸 규범이다. 프랑스는 유치원 때부터 더불어 함께 살기를 강조한다. 지하철은 수많은 부류의 사람들이 모이는 곳이다. 지하철 문화는 곧 그 나라 문화의 바로미터라면 지나친 억측일까.

내가 지나쳐 온 지하철역 이름을 늘어놓아 값을 매겨본다. 대부분이 동네 이름 위주이고, 그 밖에 학교 이름, 옛 고을 이름 등으로 되어 있다. 그 중에 단연 으뜸은 순우리말 이름들이다. 옛날 호랑이가 자주 출몰했다는 '범내골', 물이 있는 큰 골짜기라는 '물만골', 지형 모양을 본뜬 '지게골', 못이 있는 골짜기라는 '못골' 등이다. 호랑이도 그려 보고, 큰 물을 띄워 보는 재미가 쏠쏠하다. 지게골, 못골역을 지나 '경성대·부경대' 역에서 내린다. 역 이름이 두 학교가 싸우는 것 같은 느낌이 들어 왠지 못마땅하다. 더욱이 영어 멘트에서 경성유니버시티, 부경내셔널유니버시티라 한다. 꼭 국립national이라는 단어를 끼워 넣어야 값이 올라가는 것인지 괜히 떨떠름하다.

나를 닮은 복제물, 사람들의 다양한 모습을 싣고 길게 기적을 울리며 열차가 달아난다. 지하철을 사랑하는 사람은 많아도 지하철이 사랑하는 사람은 많지 않을 것이라는 뜬금없는 생각이 든다. 지하철은 저마다의 삶이 오가는 구역이다. 저마다의 삶을 돌아보고 앞으로의 삶을 생각하는 의미있는 공간이기도 하다. 세상을 마주 보고 재단하는 단면도는 고스란히 지하철에 있다. 그렇기에 지하철은 나에게 친구 이상의 다정한 친구가 된다. 지하철 속의 나, 어떤 의미로 비쳐지고 있을까.

욕망의 성城

오랜만에 친구들과 산행을 나섰다. 금정산성의 긴 성터가 능선을 따라 길게 뻗어 있다. 이 땅의 수많은 산성 가운데 가장 긴 금정산성은 그 둘레가 40리 17㎞에 이른다. 도성인 북한산성 9.5㎞, 남한산성 8㎞보다도 장대한 위용을 자랑한다.

다리가 약간 불편하여 일행들과 호흡 맞추기가 힘이 들어 혼자서 쉬엄쉬엄 걷는다. 오르막길 나무등걸에 걸터앉아 사람들 시선을 비켜서며 먼 데 산성을 본다. 가벼운 차림의 빈손으로도 숨이 차는데, 변변한 장비 하나 없이 돌을 운반했을 민초들의 고통을 헤아리다 보니 내 몰골이 부끄럽기만 하다. 발밑에 개미들이 새까맣게 들러붙어 풍뎅이를 밀고 있다. 음식 찌꺼기를 운반하는 놈, 쓸데없이 교통체증을 일으키는 개미들이 떼거리로 길게 늘어서 꼼지락거리고 있다. 금정산성 줄기를 따라 눈길을 맞추다 보니 희뿌옇게 능선을 타고 꼬불꼬불 청산을 기어오르는 만리장성의 형상이 오버랩된다.

임어당은 '중국을 알려면 만리장성과 한자를 알아야 한다.'고 했다. 세계 최대의 인공축조물인 만리장성은 산마루를 따라 6,000여 km를 용틀임하듯 신비하게 이어지고 있다. 그토록 어마어마한 장성이 만들어지기까지에는 수많은 백성이 동원되었을 터이고, 가족 이산의 아픔과 함께 노역에 시달려 끝내는 성벽 아래에 묻힌 혼백들이 장성 주위를 맴도는 듯하다. 정치적·군사적 동기가 40여만 명의 희생을 불렀기에 세계에서 가장 긴 무덤이라고 부를 만도 하다. 성벽을 쌓다 죽으면 그 자리에 그대로 묻었기 때문이다. 만리장성의 부역에서 죽은 남편을 기다리다 죽었다는 맹강녀의 전설은 '하룻밤을 자도 만리장성을 쌓는다.'는 얘기가 되어 오늘날에도 회자되고 있다. 무영탑에 나오는 아사녀의 슬픈 죽음을 연상케 한다.

성벽은 무너지기 마련이다. 만리장성은 칭기즈칸, 누르하치에 의해 무너지고, 그들은 다시 성안에 갇힘으로써 원과 청은 결국 멸망의 비운을 면할 수 없었다. 만리장성이 있었지만 국경 분쟁이 끊이지 않아 당 태종은 이세적이란 칙사를 보내어 적과 화친을 맺게 한다. 놀라운 기지로 북방 흉노족들과의 화친에 성공한 이세적에게 사람이 성벽보다 낫다는 인현장성人賢長城이라는 네 글자를 하사한다. 침입자의 불안에서 벗어나고자 황제들이 경계 지은 장성은 수많은 백성을 희생시켰을 뿐 방어의 기능은 상실한 것이었다. 성城은 외부와의 단절의 상징이었을 뿐, 그 이상도 이하도 아니었다.

카프카의 소설 <성城>에는 측량기사 직업을 가진 K라는 주인공이 나온다. 어느 겨울 흰 눈이 내리는 날 밤, K는 성城과의 계약 때문에 고향을 떠나 홀로 이 마을에 왔다고 얘기하지만, 마을 사람들은 귀를 기울이기는커녕 냉대로 일관한다. 고립상태에서 K는 부단히 성에 도달하기 위해 온갖 노력을 다하지만 좌절하고 만다. 설상가상으로 K는 애정관계에서도 실패한 뒤 이 마을에서 이방인으로서 불안에 시달린다. K는 임종할 때에야 비로소 성에서 전갈이 온다. 성에 대한 계약관계, 권리를 정식으로 인정해 주는 것은 아니지만 이제 이 마을에서 살면서 일해도 좋다는 허락이 그것이다. 끝내 성이라는 복잡하게 얽혀 있는 관청으로부터 권리에 대한 욕망을 인정받지 못한 숙명적인 좌절 상태는 막다른 세계에 놓인 인간의 조건에 해당된다. K는 곧 카프카요, 진지한 태도로 회의와 불안과 절망 속에서 방황하는 현대인의 근본 문제와 대결하려고 애쓴 인간 실존인 것이다.

사람들은 욕망의 성城을 하나씩 가지고 사는지도 모른다. 내가 만든 잡다한 욕망의 성들은 타인에겐 불필요한 경계일 뿐이다. 실존주의자 레비나스Levinas는 '인간의 욕망은 타자에 대한 욕망이다. 욕망은 타자에 대한 관심과 책임 속에서 구체화된다. 타인에 대한 관심을 가질수록 책임과 의무는 더욱 커진다. 타인에 대한 책임 있는 관심과 헌신은 자유로 전환된다.'고 갈파한다. 레비나스의 타자는 나에게 거리를 두고 있고, 나에게 낯선 사람이다. 타자는 나의 삶에 완전히 포섭될 수 없는 자로 남는다. 사람들은 타인에게 '낯선 사람'으로 남아 있을 뿐이다. 인간은 타인과 윤리적, 사회적 관계를 갖는 정신적 존재이다. 사람은 카프카의 좌절된 욕망이든 레비나스의 긍정적인 욕망이든, 끝없는 욕망 속에서 삶을 영위하고 있다.

'지금 여기'의 나, 타인과 경계 짓는 욕망은 부질없는 것이다. 세상에 널려 있는 세 잎 클로버의 행복을 버리고, 행운의 네 잎 클로버를 찾고자 하는 경계는 헛된 것이다. 욕망의 성城 때문에 좋은 친구와 사귀려고만 하지 말라. 내가 좋은 친구가 되려는 실천적 행동이 뒤따른 뒤에야 비로소 타자와의 관계망이 하나둘 엮어질 것이다.

금정산성 둘렛길을 내려오면서 허락도 없이 카프카를 불러내고, 레비나스와 악수하면서 이룰 수 없어 허망한, 그리고 이뤄서는 안 되는 추한 욕망의 성城을 허물기 시작한다. 수단이 아닌 가치를 위해서, 인간 실존을 매만지기 위해.

백제의 미소, 금동대향로로 환생하다

백제금동대향로는 천사백 여 년이라는 망각의 세월을 깨트리고 우리 곁으로 돌아왔다. 키가 64㎝에 무게가 11.8kg이나 되는 거대한 향로는 백제인들의 세계관, 우주관, 신령관을 그대로 드러낸 백제사상이라 하겠다.

용과 연꽃, 봉황이 어우러진 향로를 보면 내 마음에 꽃이 피고 그림이 걸리고, 아악의 여운에 귀가 쏠린다. 멈춰 선 듯 움직이고, 움직이는 듯 우주가 멈춰 있는 그 품새는 속인의 마음에 어렵사리 녹아든다.

향로의 제일 아래 받침대가 되고 있는 용은 몸체를 바짝 쳐들고 승천하는 듯한 격동적인 자세로 구름 모양의 갈기를 투각하여 장식하고 있다. 무한한 시공을 뛰어넘어 아직도 틀에 갇히지 않은 자유를 맘껏 내뿜고 있어 놀라울 뿐이다.

향로 몸체에는 부활과 극락정토를 상징하는 연꽃이 겹겹이 피어 있다. 연꽃 앞에는 불사조, 물고기, 사슴, 학 등 스물여섯 마리의 동물이 살아 움직이는 듯하다. 몸체와 뚜껑으로 이루어진 봉우리는 풍만하면서도 팽팽한 볼륨감이 넘친다. 받침대와 몸체는 동動과 정靜이 절묘한 조화를 이루고 있다.

뚜껑에는 신선의 세계를 나타내는 무수한 그림이 새겨져 있다. 스물다섯 개의 산들이 네 겹 다섯 겹으로 첩첩산중을 이루고 있다. 산봉우리에는 피리와 소비파, 현금, 북 등을 연주하는 다섯 사람의 악사와 각종 무인상, 기마수렵상 등 열여섯 명의 인물상이 있다. 봉황, 용을 비롯한 상상의 날짐승, 호랑이, 사슴 등 서른 아홉 마리의 현실세계 동물들도 떡 버티고 서 있다. 여기에 나오는 도상들은 백제인들의 신선세계를 형상화한 것으로 영원 불멸의 세계에 대한 동경을 담고 있다.

뚜껑 꼭대기에는 천상의 봉황이 목과 부리로 여의주를 물고 날개를 편 채 힘차게 서 있는데, 길게 약간 치켜 올라간 부드러움이 우아한 모습으로 다가온다. 이상향의 정점을 이루는 봉황은 고대 동북아시아에서 신성시해 온 천계를 상징하고 있다. 봉황 앞 가슴과 악사 앞뒤에는 다섯 개의 구멍이 숨은 듯 뚫려 있어 몸체에서 향 연기가 뿜어나와 몸에 배이는 듯하다.

특히 뚜껑에 새겨진 말을 탄 기마상, 학을 보고 있는 사람, 코끼리를 타고 가는 사람, 악기를 연주하는 사람 등은 백제인들의 무용적인 율동, 변화에의 호기심으로 다채로운 형상을 그려내고 있다. 직선을 거부한 곡선은 음악적인 선율과 가락으로 다가온다. 꿈틀거림의 선율은 역동감을 한껏 자아내고 있다. 17~18세기에 유럽에서 유행했던 바로크 예술을 천 년이나 앞지르고 있다. 이는 한마디로 바로크 악곡을 압도하고도 남는 백제 문화의 시각적 교향곡 그 자체라 할 것이다. 이 향로에는 불교와 도교가 절묘하게 융합되고 있으며, 뛰어난 창의성, 촘촘한 조형성이 어우러져 있음을 본다. 화려하지만 사치스럽지 않은 백제의 미에 무한한 경의를 보내지 않을 수 없다.

세계 향로 중에서 으뜸이라 할 수 있는 백제금동대향로는 연잎을 새긴 몸체 위에 중첩된 심심산천의 형상을 가진 뚜껑이 있다, 다리에는 용, 정상부에는 봉황으로 구성되고 있다. 이는 동아시아 전통의 음양설을 바탕으로 거대한 우주를 형상화한 것이다. 하늘의 새와 땅의 용이 대립하면서 하나의 우주로 결합되고 있다. 봉황과 용의 대립은 광명과 어둠, 하늘과 땅의 대립이 되는데 역易의 태극 역시 이러한 대립을 순화시켜 조화를 통해 만물을 낳고 생성하는 것이다.

금동대향로 뚜껑의 산봉우리들은 몸체의 연잎을 이어받은 꽃잎이다. 향을 피워내는 불의 꽃잎이라고 하는 것이 좋을 듯하다. 산봉우리 하나하나가 꽃으로 피어나면서 동시에 전체가 한 송이 연꽃으로 피어나는 장엄한 화엄華嚴이 되고 있다. 본래 원형의 만다라는 연꽃 화환의 도상이다. 날카로운 산들이 우아한 꽃이 되는 놀라운 연금술이다.

백제금동대향로를 보고 있노라면 온몸에 스며드는 아늑하고 따뜻한 감흥이 봄햇살처럼 밀려온다. 요즈음처럼 정치·경제 등 모든 사회체제의 근본이 실종된 혼탁한 시대에 살면서 우주의 통합을 시도했던 백제인들의 꿈과 이상을 되돌아보게 한다. 그것은 진정한 문화의 토대 위에서 이 시대가 요구하는 새로운 통합의 원리를 우리 스스로 제시할 것을 요구하고 있다. 이는 선인들의 천음天音과 이상에 부끄럽지 않는 노래와 춤이, 기쁨과 즐거움이 끊이지 않는, 그리하여 더 이상 단절과 고통과 슬픔이 없는 생명의 세계를 펼쳐 보이는 일일 것이다. 백제금동대향로 앞에 서면 절로 옷깃을 여미게 된다.

천사백여 년의 긴 잠에서 기적적으로 환생한 백제금동대향로에서 잃어버렸던 왕국, 백제의 미소를 생생하게 만난다. 신이 빚은 작품이라는 찬사 속에 세계인들의 눈과 마음을 사로잡기에 충분하다. 문화민족의 자긍심이 충일하여 가슴이 뿌듯하지만 왠지 마음 한구석이 비어 있음을 숨길 수 없다. '우리 것이 좋은 것이여.'라고 말로만 용을 쓸 게 아니라 조상의 혼과 멋이 우리의 일상이 되어야 한다. 백제금동대향로의 미소는 고려청자, 조선 백자로 면면히 이어지고, 천지인天地人의 동학사상과 그 맥을 이어나가듯이. '바람이 없으면 노를 저어라 If there is no wind, row.'는 경구가 내 마음을 마구 두들기고 있다.

올겨울 아버지 제삿날엔 백제금동대향로 사진을 옆에 놓고 향을 살라 아버지와 생전에 다하지 못한 아픔을 달래고 싶다.

모자가 화났다

오래된 사진첩을 뒤적이다 고등
학교 시절의 빛바랜 사진 한 장에 눈이 멈춘다. 교표를 단 모자,
거들먹거리고 싶어 모자 앞 챙의 가장자리를 조금 뜯어내고 가운
데를 적당히 구부린 그늘 속에 여드름 얼굴이 까맣게 버티고 있다.
양푼에 붙은 보리밥을 긁어 먹던 시절에도 십대의 이유 없는 반항
심은 지금이나 매한가지였다. 괜스레 시빗거리를 만들어 패싸움
을 벌일 때마다 모자는 심판에게 맡기고 씩씩거렸다. 긴 지시봉을
든 선생님이 나타나면 모자를 잽싸게 챙기고 줄행랑을 쳤다. 모자
는 우리네 분신이었다.

고교시절의 불량배 같은 모자에 대한 알레르기였을까. 모자 쓴
사람만 보면 괜스레 거부감이 일곤 해서 내가 모자를 쓰리라고는
전혀 예상치 못했다. 그로부터 반백 년 가까운 세월이 지난 어느

날 대머리 친구가 모자 쓰기를 권하면서 헌팅모 비슷한 것을 선물이라며 주었다. 그러나 선물받은 모자를 한동안 멀리 하다가 요즈음은 가끔 쓰고 다닌다. 만나는 사람마다 예술가 같다느니, 한결 젊어 보인다며 느끼한 얘기를 서슴없이 뱉어낸다. 다 틀린 말이다. 바람막이용으로 그냥 쓰고 다닐 뿐이지 멋하고는 전혀 거리가 멀다.

세상에는 다양한 모자가 수없이 많다. 베레모, 중절모, 헌팅모, 운동모, 밀짚모자, 카우보이 모자, 동물모자, 굴뚝모자, 투구, 복면모자, 피에로모자, 사모, 탕건, 헬멧, 산타모자, 고깔모자, 패랭이, 각설이모자 등 헤아리기에 숨이 찰 정도다.

왜정 때 고등계 형사들이 즐겨 쓰고 다녔던 헌팅모는 밉살스럽게 봐서 그런지 사람들이 개똥모자라고 하는 바람에 개똥모자로 불리고 있다. 중절모는 얼굴이 절반 이상 가릴 정도로 눌러 쓰면 각설이모자로 둔갑하게 된다. 앞으로도 변형된 모자의 이름이 계속 생겨날 것이다.

모자는 단순한 패션의 의미를 넘어 그 사람의 신분·계급을 나타내기도 하고, 인격을 드러내기도 한다. 모자는 영화나 소설, 정치를 넘나들면서 정체성identity의 도구가 되어 분신의 이미지로 표출되기도 한다. 학생시절의 모자에 대한 추억과 함께 이리저리 모자 모양, 모자 쓴 사람들의 정체성을 주밍zooming해 보는 재미도 있다.

'키드', '라임 라이트' 등 영화 속의 찰리 채플린은 굴뚝모자에

통이 넓은 헐렁한 바지, 코밑 수염, 그리고 짧은 지팡이를 손목에 걸고 다녔다. 코믹한 연기와 함께 모자를 벗어 인사하는 모습은 지금도 눈에 보이는 듯하다. 잉그리드 버그먼 주연의 영화 <카사블랑카>. 그녀의 지적인 모자는 중후하고 노련한 멋을 풍겨 많은 여성들의 패션 코드로 자리잡기도 했다. 그레이스 켈리 주연의 <하이눈>. 서부활극 총잡이들의 멋진 카우보이모자도 생생하게 떠오른다.

평생을 중절모와 함께한, 미국의 시선詩仙이라 불리는 월트 휘트먼. 그에게 있어 모자는 친구요, 애인이기도 했다. 모자는 그의 몸이었고, 조개 껍데기가 되는 등 시의 원천이었다. 생텍쥐페리는 어렸을 때 보아구렁이가 코끼리를 통째로 집어 삼킨 모습을 그려 어른들에게 보여준다. "무섭지 않나요?", "모자가 뭐가 무섭니?" 어른들이란 하나같이 모자 이상은 상상하지 못한다. 스스로는 아무것도 몰라서 꼭 설명을 해 주어야 하는 존재들이라 어린아이는 매우 속상하다. 세계적 명작인 <어린 왕자>는 이렇게 시작되고 있다.

볼품없는 옷맵시, 수척하고 긴 얼굴, 190㎝를 넘는 멀대 같은 키의 링컨. 멋있는 구석이라고는 없는 링컨을 미국인만이 아니라 전세계인이 존경하는 인물로 만든 무기는 무엇일까. 그것은 바로 모자였다. 좋은 생각, 마음에 드는 구절이 있으면 편지봉투든, 신문이든 무엇이든지 그것을 적어 실크 모자에 넣어 가지고 다녔다. 그리고는 그것을 크게 소리내어 읽고 종이에 깨끗하게 쓴 다음 수없이 고치면서 명연설을 만들었다. 성조기 바탕에 기다란 모자를 쓴 링컨대통령은 모자 속 메모지를 최초로 활용한 사람인 셈이다.

조선 후기 방랑시인 김삿갓(김병연)은 장원급제하였으나 그가 쓴 백일장의 시제가 홍경래 난에서 항복한 조부를 강하게 비판한 것임을 나중에야 알고 죄책감에 평생을 삿갓을 쓰고 방랑하게 된다. 삿갓 속에서 뿜어져 나오는 재치 있는 시들은 지금도 사람들의 입에 오르내린다. 해외의 유명 인사들의 모자 이야기와는 사뭇 다른 서글픈 시대상을 읽을 수 있다.

우리의 모자 문화를 더듬어 보면 그렇게 원시적이거나 생뚱맞은 것만은 아니었다. 해방 후 해외로 다니는 사람이나 젊은 신사들은 모자를 의관으로 여기고 애용했기 때문에 생활필수품 그 이상이었다. 그러던 것이 산업화가 되면서 모자가 필요한 경우를 제외하고는 불편함 때문에 모자를 쓰지 않고 민머리로 다니는 경향이 두드러졌다. 스포츠나 등산 혹은 일부 노인들을 제외하곤 모자 쓰는 경우를 보기 드물었으나 요즈음은 많은 젊은이들이 모자를 애용하고 있다.

텔레비전에 비치는 강력범이나 성추행범은 죄다 모자를 눌러 쓰고 얼굴을 감추고 있다. 모자는 죄인의 얼굴이나 감추는 천덕꾸러기 신세로 전락하고 있다. 범인의 인권을 보호한다는 것이 모자의 아름다움을 변색시키는 것은 아닐까. 모자에 대한 편견에서 조금만 비켜선다면 모자의 본질적 가치가 확연히 드러난다.

멋을 추구하는 것은 기본이다. 겨울엔 방한이 되고 여름에는 방열 효과가 있어 혈압 조절에 안성맞춤이다. 그렇다고 해서 옛날 중·고등학교에서 모자를 썼듯 획일적으로 모자를 쓰자는 건 아니다. 실용과 패션 모두가 중요한 가치개념이다. 일시적인 유행에서 벗어나 모자와 손쉽게 친구가 되어 자신의 취향과 개성을 맘껏 발산하는 그런 문화가 일상화되었으면 하는 바람이다.

거울 속 모자가 삐딱하게 말한다.

"주인장, 젊었을 적엔 술을 마셔대며 객기를 많이 부렸다면서요?"

"……."

"활달한 모습을 보고 싶어요. 요즈음은 왜 그리 밋밋하게 지내시나요. 늙은 체하는 당신이 싫어요. 어디 여행이라도 떠나지 않으실래요?"

선반 위 개똥모자가 나를 내려다보고 있다. 세종로에 우뚝 선 이순신 장군 동상의 모자를 어떻게 벗길 수 있겠나. 선술집을 찾아 찾아 방랑길을 나설 수밖에.

책을 품다

네 평이 채 안 되는 나의 방 한
쪽 벽면은 긴 서가로 채워져 있다. 이사할 때마다 아내의 성화에
못 이겨 그 옛날 월부로 들여놓은 세로로 쓰여진 전집류, 소설책
등 오래된 책을 내다버리곤 했다. 용케도 고등학교 때 구입한 '한
국고전문학전집'과 한자투성이라 읽다 만 '국사대관'은 명이 길었
던지 서가 한 귀퉁이에 보풀을 날리며 촌스럽지만 정겹게 앉아
있다. 책 속의 까만 글자들이 페이지 밖으로 튀어나와 잔향을 뿌
리면서.

조그만 서재의 손때 묻은 책들은 울긋불긋 색감의 조화를 이루
고 있어 마치 가을 단풍 숲의 낯익은 잡목처럼 다가온다. 책들을
정리할 때마다 느끼는 것은 어떻게 정리하든 늘 새롭고 자연스럽
다는 사실이다.

어쩌다 짧은 여행이라도 다녀온 다음 서재에 들어가면 책들이 도열하여 열병식을 벌이는 것 같다. 아니 흔들리지 않는 저 노병老兵 같은 존재들 앞에서 내 자의식이 사열을 받는 느낌이다. 오랜 세월 읽지 못한 책들이 먼지를 둘러쓴 채 드문드문 보이기 때문이다. 저들의 노여움을 모를 리 없지만 이런저런 핑계로 마음만 늘 동동거릴 뿐이다. 그래도 서가에 나란히 둘러앉아 있는 책들을 보노라면 배가 부르고 마음이 뿌듯하다.

나는 책보 세대다. 보자기로 책을 둘둘 말아 여학생은 허리춤에 매었고, 남학생은 어깨 위를 대각선으로 매고 다녔다. 나를 비롯한 가난한 아이들은 교과서 이외의 책을 보기가 매우 힘들었다. 어쩌다 부잣집 친구에게서 책을 빌리게 되면 신용을 잃지 않기 위해 숨가쁘게 밤새 읽고는 돌려주었다. 그때 읽은 책은 ≪로빈슨크루소≫, ≪15소년 표류기≫나 ≪학원≫ 잡지 등이었다. 그 시절 후닥닥 건성으로 책 읽는 습관은 지금껏 이어지고 있다. 책보 시대에 살던 시간들을 하나씩 떠올려 보면 교과서 얼굴도, 친구 얼굴도, 마을 얼굴도 모두가 순수하고 맑게 지나간다.

독서는 즐거움에서 시작되고 즐거움에서 끝이 난다. 젊어서나 늙어서나 저자와 공감하면서 대화를 이어가다 보면 항상 즐겁다. 언제든지 적당한 시간을 이용할 수 있으며, 다른 오락처럼 상대가 있어야 한다는 불편이 없다. 독서는 인생의 온갖 불행을 이겨 나갈 수 있는 아름다운 피난처를 제공해 주고, 새로운 삶을 살아갈 수 있는 동기를 만들어 주기도 한다. 또한 독서는 가장 멀고 낯선 곳에서 고향을 만날 수 있는 메커니즘이 되기도 한다. 그런가 하면 거친 세파를 사랑하고 친숙하게 만드는 놀라운 가능성을 보여 주기도 한다.

독서는 여행 너머의 여행이 되어 다양한 정신자양을 품게 한다. 넓은 세상을 두루 여행하면서 이국의 경치를 감상할 수 있지만 그 나라의 깊숙한 전통과 고뇌를 알기는 무척 어렵다. 아무리 여행을 해도 백 년 전, 천 년 전의 세상을 구경할 수는 없다. 그러나 독서는 그러한 시간적 공간적 제약을 훌쩍 뛰어넘어 당시의 세상을 생생하게 보여준다.

특히 문학서적은 간접 경험의 보물 창고가 된다. 흥얼거리며 책을 읽다 보면 왠지 가슴이 설렁대며 온몸이 춤을 추는 것 같다. 책 속의 왕자가 되어보기도 하고, 공주가 되기도 한다. 바보 친구와 바보가 되어 시시덕거리기도 한다. 때로는 짐승들이 떼를 지어 우루루 세상 밖으로 뛰쳐 나와 살아 있는 것처럼 꿈틀대기도 한다.

좋은 책은 독자로 하여금 많은 생각을 하게 만든다. 그 중에서도 고전은 '사고思考의 보고'이다. 고전을 읽음으로써 일상에서 볼 수 없었던 인류의 장대한 파노라마, 깊은 사상을 접할 수 있는 특권을 얻게 된다.

자의 반, 타의 반으로 가끔 어려운 고전을 접할 때가 있다. 헤르만 헤세는 '정신적으로 현재 속에 살아 있는 것만으로는 부질없고 무의미한 것이다. 역사나 고전과 관계를 맺는 데서 정신 생활이

가능하다는 것을 깨달았다. 나는 곧 신간서점에서 고서점으로 발길을 돌렸다.'고 말했다. 역사가 보증하는 고전은 한결같이 본질을 꿰뚫고 있다. 읽다가 지쳐 고전을 멀리할 때가 많다. 그럴 때마다 피상적인 지식만을 접하고자 한 나의 나태함을 반성하면서도 그냥 지나치기 일쑤다.

의식의 진화에 따른 산물인 형이상학적인 철학, 종교, 예술 같은 영역에서는 둔한 머리를 탓하며 탈진할 때가 많다. 마음의 평정을 찾고, 냉철해져야 할 텐데 하면서도 마음은 자꾸만 게을러진다. 어쩌면 고전 읽기는 하나의 구도적求道的 행위일지도 모른다. 진리, 그것은 가장 심오한 즐거움이요, 완전한 자유라는 말은 알다가도 모를 일로, 마음 한 켠에 숙성되지 않은 채 남아 있을 뿐이다.

우리 속담에 철들자 늙는다는 말이 있다. 철들기가 무척 어렵다는 얘기겠다. 철드는 방법은 여러 가지가 있겠으나 그 중에서 가장 좋은 방법은 양서를 골라 읽는 일이 아닐까 한다. 좋은 책을 읽다 보면 재미에 빠질 때가 있고, 저자의 얘기에 공감하면서 울먹거릴 때도 있으며, 허허롭게 세상 밖으로 나를 내팽겨칠 때도 있을 것이다. 독서는 혼자서는 넘기 어려운 벽을 허물어 준다. 책 한 권 한 권은 이 세상이다. 작중 인물과 어깨를 나란히 하고 다정한 대화를 나누며 걷는 듯한 행복한 착각에 빠질 때 철이 들고 있는 것이 아니겠는가.

언젠가 이웃집에 놀러간 적이 있다. 돈이 많은지라 고급 장식품으로 치장한 거실이 휘황찬란하다. 한쪽 진열장에는 황금색 전집

류가 기다랗게 꽂혀 있고 몇몇 책은 거꾸로 꽂혀 있어 이상한 생각이 든다. 거꾸로 놓인 책 한 권을 꺼내 보니 카뮈의 ≪이방인≫이었다. 다시 읽고 싶은 생각에 이 책 읽었으면 빌려줄 수 없느냐고 물었더니 아직 안 읽었지만 가져가라면서 얼굴을 붉힌다. 물구나무서고 있는 몇 권의 책에 자꾸 눈길이 가 안쓰러울 뿐이다. 진짜 거꾸로 선 것은 누구일까라는 궁상스런 생각에 피식 웃음이 나온다.

소설가 이태준은 "책은 감정, 정신, 사상의 의복이요, 주택이다. 책은 인공으로 된 모든 문화물 가운데 꽃이요, 천사요, 제왕이다." 라고 갈파했다. 오늘도 나는 현란한 신문 광고에 빠져 베스트가 아닌 베스트셀러를 읽거나 어떤 필요에 의해 책을 보고 있다. 세 살 버릇 여든까지 간다고 했던가. 가난했던 어린 시절부터 몸에 밴 건성건성 읽는 나의 독서 습관은 고치기가 매우 힘이 든다. 책 속의 나, 이웃집 거실 책장에 거꾸로 꽂혀 있는 책과 닮았다는 생각이 들어 겸연쩍기만 하다.

달집의 일생

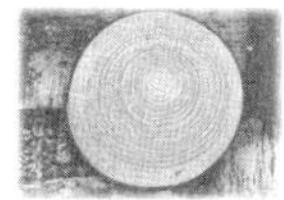

정월 대보름날 '달집태우기' 행사를 위해 해운대 백사장에서 며칠 전부터 달집을 만든다고 부산을 떤다. 십만 명이 넘는 인파가 몰려들어 너도 나도 달이 된다. 순간에서 영원으로 이어지는 달집 속에 한국인의 전통문화가 살아 움직인다.

나는 내세울 만한 종교가 없다. 아니 많은 한국인들이 종교가 없다고 얘기하는 걸 종종 듣는다. 지금은 어떤지는 몰라도 예전엔 이력서나 인사기록카드에 취미·특기란과 종교란이 있었다. 취미·특기란에 '독서'라고 쓰면서는 왠지 멋쩍어 했으나 종교란에 '없음'이라고 쓸 때 아무런 느낌이 없었던 기억이 난다. 하지만 한국사람들에게는 체계화된 종교는 아니더라도 신앙의 대상과 의례의 내용이 없지는 않다. 한라산 등산길에서 산제山祭를 올리는 사람들 중엔 외국에서 공부한 과학기술원 사람들도 많더라는 애기를 들은 적이 있다. 그러나 놀랄 필요가 없다. 그들도 나도 한국사람이기 때문이다.

새 집을 짓거나, 사업을 새로 시작한 경우 고사 한 번 지내는 것은 흔한 일이다. 한국 사람이 가는 곳에는 어디서나 이런 의식이 따라다닌다. 정치가, 기업가들이 점복에 의지하는가 하면 서민들조차 '손 없는 날'을 찾아 이사를 한다. 한국인이라면 한 번쯤은 당사자나 구경꾼이 되어 본 적이 있을 것이다. 이런 행위를 미신적이라고 몰아붙이기 이전에 그것이 우리 마음 한 켠에 자리 잡고 있는 한국인의 종교적 성향이란 점에 주목할 필요가 있다. 이러한 우리의 행위는 샤머니즘, 자연숭배 등을 포함하는 원시종교의 성격을 띠고 있다.

우리는 우리 전통문화의 본질적인 부분을 이루고 있는 샤머니즘을 회피하거나 거부할 것이 아니라 정면에서 바라볼 필요가 있다. 한국인은 유교적인 사회생활의 규범을 가지고 있지만, 명상과 사색은 불교적으로 하고, 위기에 처했을 때는 원시종교, 곧 샤머니즘으로 돌아간다. 오늘날에도 이런 경향은 크게 변함이 없다. 샤머니즘은 무서운 생명력이다. 이는 우리 민족과 근원적 생리를 함께 한다는 것을 말해 준다. 물론 시대와 공간에 따라 생활양식이 변하듯이 전통문화도 변한다. 변해도 전통문화다. 전통문화는 우리 민족의 가치관을 지배해온 정신사적 원리로 면면히 이어져 오고 있다. 전통문화를 재인식한다는 것은 우리들 자신의 삶을 근원적으로 이해하는 자기 인식이요, 자기 반성이다. 달집이 타는 것을 보면서 또 한 번 샤머니즘의 생명력을 확인한다. '한국인에게 무엇이 있는가. 많은 사람들에게 샤머니즘은 어떻게 굴절되고 있을까.'

달집태우기는 액막이 풍습이요, 풍년을 기원하기 위해 정월 대보름에 행해지는 세시풍속의 하나이다. 달집은 십여 미터를 훌쩍 넘는 굵은 통나무로 원뿔형 기둥을 만들고 짚, 소나무 가지 등을 잔뜩 넣어 가운데에 새끼줄로 달 모양을 매달아 만든 집이다. 달집에 수숫대, 볏짚을 넣는 것은 풍요로운 생산을 기원함이다. 대나무로 기둥을 세우는 것은 대나무가 탈 때 툭툭 타닥타닥 소리가 나도록 하므로써 잡귀나 액운을 쫓기 위한 것이다. 사람들은 자신의 소원을 소원지에 적어 나뭇가지에 묶어 놓는다. 달집 꼭대기에는 마을의 안녕을 기원하기 위해 연을 매달기도 한다.

하늘 길목이 열리고 보름달이 뜨면 달집을 태운다. 이때 절을 하면 여름에 더위를 타지 않고 부스럼이 나지 않는다는 속설이 있다. 예전에는 달집태우기로 풍년을 기원하고 여러 가지 점도 쳤지만 지금은 지역민과 관광객에게 재미와 볼거리를 제공하는 지역문화 축제로서 자리매김하고 있다. 지역에 따라서는 무형문화재로 지정되어 운영되고 있기도 하다.

해운대 백사장에서 열리는 달집태우기는 '해오름무용단'의 무용이 펼쳐지면서 시작한다. 이어서 유명 인사들이 모여 월령기원제를 지내고 달집에 불을 붙인다. 때를 맞춰 펑펑 울려대는 불꽃

놀이, 풍물패의 신명나는 대동놀이 한마당, 굿판 소리, 강강수월래가 이어진다. 달집의 타닥타닥 타는 소리와 함께 출렁거리는 파도 소리가 어우러진다. 사람들은 연신 절을 하며 달집돌이를 한다. 어부는 만선의 기쁨을, 농부는 풍년의 넉넉함을, 교사는 아이들에게 더 나은 사랑을, 처녀·총각은 연인과의 콩닥거리는 에로티시즘을, 병원을 빠져나온 보호자는 환자의 쾌유를 기원한다. 사람들마다 있는 듯 없고, 없는 듯 있는 그런 소망 하나씩을 붙들고 달집 주위를 들쭉날쭉 돌아다닌다. 신기하게 바라보며 사진 찍고 웃고 있던 외국 관광객들도 슬쩍슬쩍 달집돌이에 끼어들기도 하고 강강수월래를 보면서 어깨를 들썩이는 모습도 더러 보인다. 달집의 타오름은 모든 생명이 새로 시작하는 시간이다. 달의 생명력을 믿고 소원을 비는 사람들의 가슴에는 질퍽한 달이 하나씩 떠 있다.

어머니가 살았을 적에 어머니는 불상 앞에서 빌고 성모상 앞에서도 소원을 비셨다. 달을 향해 별을 향해, 부엌에서도 장독대에서도, 삼라만상 모든 것을 향해 빌고 있는 모습을 종종 볼 수 있었다. 어머니는 머리끝에서 발끝까지 샤머니즘을 빼면 아무것도 존재하지 않는 것처럼 보였다. 그런 어머니는 죽음에 가까워선 성모상을 껴안으셨고, 주검은 성당 안으로 들어가셨다.

타닥타닥 달집 타는 소리가 멀어질수록 사람들은 하나둘 달 속으로 들어간다. 달집태우기는 서민들의 마음속에 담고 있는 액운을 태우고 소박한 소원을 연기에 담아 하늘로 보낸다. 달집태우기는 그늘 속에서 늘 움츠리며 살아간 원혼들을 달래는 위령제인지도 모른다는 생각이 든다. 달집 재 속에 어머니의 존재 이유인 아들도 많은 사람들과 함께 뽑히지 않는 바위처럼 우뚝 서 있다.

달집의 일생을 지켜보면서 참된 삶은 예속이 아니라 저 불꽃처럼 자유요, 안주가 아니라 도전이라는 생각이 든다. 타들어 가는 달집을 향해 때 묻은 허물을 던지고 집착도 허세도 모두 떼어낸

다. '깐깐하게 채우기만 했더냐. 허허롭게 비우기를 원하느냐.' 하늘 속 달이 내려다 보고 있다. 소멸하는 달집 속에 무얼 버렸는가. 거짓도 호사도 몽땅 버렸는가. 빈 술잔에 남는 공허처럼 달집재가 된다. 버리지 못하고 달아나는 헝클어진 마음을 어설픈 사설로 달래본다.

만월이야, 만월이야 둥둥 소리 울리면 정월 대보름달이 파도를 타고 넘실댄다.

달집 속 달이 불길 속에 춤추며 사람들 가슴속에 수많은 달로 떠오른다.

염염히 타는 불꽃. 버릴 것 다 버리고 무상의 향기로 저며든다. 무위여, 사랑이여, 예 있었구나.

창窓 시퀀스

S. 1

대변항 어느 찻집의 통유리 속의 나는 넉넉한 마음으로 바다를 재단하며 풍경 속의 풍경을 보고 있다.

수평선 끝자락엔 커다란 배가 점점이 떠 있다. 멸치잡이 배를 따라 마름모꼴 새들의 무리가 화살처럼 날아간다. 누가 꽹과리를 치고 있는가, 갈매기의 신명나는 추임새가 멸치 떼와 어울리고 있다. 멸치배가 파도 따라 고무풍선마냥 붕붕 뜨고 있다.

무희가 된 갈매기의 쉼 없는 춤사위 속에 널따란 그물 치마에 멸치들이 희뿌옇게 부서지고 있다. 멸치배의 앞태 뒤태가 부풀어 풍성하게 출렁인다. 캔버스를 왼쪽으로 옮기니 파도 따라 뱃머리가 동쪽 방파제로 향하고 있다.

하늘과 바다가 벌인 질퍽한 정사가 부끄러운지 파도가 되어 등대 밑으로 하얀 거품으로 몸을 감추고 있다. 캔버스 맨 앞쪽엔 난전을 펴고 있는 아낙네들이 멸치 배를 부르고 있다. 잔챙이가 된 파도는 아무 일 없었다는 듯이 모래알 속으로, 고무 양동이 속으로 숨어들고 있다.

어부들의 등짝에 핀 소금 꽃이 멸치 빛으로 반짝인다. 거친 파도가 어부들을 야성미 넘치는 뱃사람으로 키웠지 싶다. 찻집 통유리 문을 나선다.

S. 2

한옥이 보존되어 있는 마을을 가끔 찾는다. 열려 있는 창문으로 바깥이 보이고, 이어서 문이 나온다. 창문 속의 창문, 그 속에 또 다른 창문이 보인다. 액자 속의 액자 풍경이 사방으로 펼쳐진다. 안과 밖을 편가름하지 않는 불이不二사상, 다원화된 소통의 철학이 녹아들어 있음을 본다.

크고 작은, 문양을 달리한 창호지 발린 문들. 다양한 이름의 창살이 입체감을 자아내고 있다. 제각각의 크기와 모양은 가족살이 모습을 담고 있는 듯하다. 개별적 자존감을 지켜주면서 정을 버무리고 있다. 큰 창문이 작은 창문을 데리고 나란히 서 있는 모습은 어미가 자식을 품고 있는 모습이다.

은은한 창호지 문을 통해 심령의 세계가 펼쳐진다. 속적삼 같은 한지를 바른 저 다양한 문들. 밝은 달빛이 비치면 격자문에

어리는 사람의 그림자가 보일 듯도 하고, 신방에 든 새색시의 옷고
름 푸는 소리가 들릴 듯도 하다. 시각과 청각을 자극하는 우리 민
족의 질박한 에로티시즘과 수용의 미학이 문살 틈마다 숨어 있다.

S. 3

"옥창獄窓에 개미가 물어다 놓았는지 풀씨 한 알 싹이 나오더니
한 뼘도 넘는 키를 흔들고 있다." 어느 무기수가 쓴 짧은 글이다.
창살 너머 하늘을 보며 신동엽의 시를 읽는다고도 했다.

　　　누가 하늘을 보았다 하는가/ 누가 구름 한 송이 없이 맑은/ 하늘
　을 보았다 하는가

하늘을 보는 그의 마음은 어떤 색이었을까. 인간의 자유를 긍
정하고 노래할 수 없다면 진정한 시인이 아니라고 생각했을 것이
다. 억압된 사회에서 자유정신을 부르짖는 시인과 같은 자유를
위해 비상하고 싶은 마음이 아니었을까.
이데올로기의 덫에 물려 스무 해 동안 번뇌하다 풀려난 무기수
의 자유는 무엇을 의미하는가. 참 이상한 나라에 살고 있다는 생
각뿐이다.

시인 정지용은 딸의 죽음을 유리창을 통하여 자신의 심정을 토로
하고 있다. 유리창을 삶과 죽음의 이원적 대립으로 형상화시킨다.

밤에 홀로 유리를 닦는 것은/ 외로운 황홀한 심사이어니/ 고운
폐혈관이 찢어진 채로/ 아아, 너는 산새처럼 날아갔구나.

유리창은 생사의 통로요, 차단의 이미지가 되어 시인의 마음을
달래고 있는 것인가.

S. 4

세계는 하나의 창이라는 생각이 든다. 그 속의 나도 하나의 창
이다. 창은 우주와 대면하는 통로가 되기도 하고, 단절의 미로가
되기도 한다. 늙은이에게는 인고의 세월이 창에 어리어 있고, 철
학자에게는 깊은 사색이, 고독한 사람에게는 외로움이 창을 넘나
든다.

이중창에 무인카메라로 중무장한 아파트에 사는, 자본가와 권
력의 억압과 지배에 종속된 나의 창은 어떤 모습일까. 존재 자체
라도 있기나 한 것일까. 기계에 매인 채, 회색 외투를 걸쳐 입은
약육강식의 짐승으로 변신한 자신에게 나를 맡기고 어쩔 수 없이
살아가고 있다.

내가 나를 사면하고 작고 담담한 묵도의 창을 매달고, 갈등의
끝자락에 숨어 있는 빈 배의 파문을 듣고 싶다.

한때 사랑했던 모든 것을 비우고, 조금씩 조금씩 내가 내 자신
과 하나 되는 것은 어렵지만 아름다운 일이라고 자위하면서.

승부리의 아이들

폐선廢船과 소통하다
혼자 먹는 밥
그릇에서 배운다
무지개 만드는 사람들
승부리의 아이들
휴대전화 공화국
방학 속의 방학
골목길
멋쩍은 한때, 나를 보다
신발에서 삶을 읽다
주력酒歷 50년
흔적

폐선廢船과 소통하다

　　나는 지금 물새 한 마리 찾아들지 않는 남천항 방파제에 서 있다. 그 옛날 풍성하던 어선들은 거의 자취를 감추고 고무 보트, 레저용 선박들 틈에 두어 척의 조그만 어선이 정박해 있다. 방파제 위에서 드문드문 낚싯줄을 드리우고 있는 몇 사람이 보일 뿐 매우 한적한 풍경이다.

　방파제 밑으로는 파도의 센 힘을 줄여 주는 호안용 콘크리트 4각脚 블록인 테트라포드tetrapod가 엉성하게 쌓여 있다. 날렵한 허리로 기다랗게 누워 있는 광안대교를 바라보며 폐선 한 척이 테트라포드에 기댄 채 지나간 전설을 다독이고 있는 모습이다. 1톤쯤으로 보이는 폐선에는 통그물 조각, 시커먼 깡통 몇 개가 널브러져 있다.

　폐선을 가만히 만져본다. 고뇌의 사색을 멈추고 있는 폐선이 갑작스레 어머니 생전의 초췌한 모습이 되어 스친다. 어머니는 한 척의 조그만 배였다. 아버지를 잃은 두 아이를 태우고 거친 파도에 난파선이 될 뻔한 순간을 이겨내며 억척스럽게 살았다. 그 모습에 하늘도 감동했을 것이다.

저 폐선의 전설은 나의 추억과 꽤 닮았으리란 생각이 든다. 집 어등을 켜고 고기 잡을 땐 난 야간 대학에서 졸음을 쫓았다. 만선의 깃발을 날리며 항구로 돌아오던 고깃배를 보며 제주섬을 떠나 육지에서 교편 생활을 시작하였다. 사십여 년의 교직 생활을 그만둔 지금 어느새 내가 폐선이 되었다.

폐선은 인생과 매우 닮아 있다. 폐선의 과거와 현재는 사람의 역사와 궤를 같이한다. 온고지신, 폐선에서 새로운 가치를 읽어낸다. 인생은 영원한 시간의 강을 따라 떠내려가는 나그네에 불과하듯 폐선도 희로애락의 많은 역사를 머금고 있다. 지금 여기, 폐선의 모습은 바다를 등졌어도 역사의 굴곡을 떠안은 채 나를 따라온다.

폐선이 새로운 생명을 얻고 있다는 소식이다. 2008년 6월 울진 앞 바다에 3800톤 급 군함과 1800톤 쌍둥선을 바다에 가라앉혀 물고기집을 만들고 있다는 것이다. 각종 부착 생물이 서식하고 그 위로 커다란 물고기 떼가 살 수 있도록 하는 바다 목장이다. 거대한 꿈의 프로젝트가 꼭 성공하여 폐선이 바다 속 새로운 생명의 보금자리가 되리라 믿는다. 바다 목장은 자원 조성, 수중의 볼거리, 즐길거리를 제공하는 수중관광지가 되는 것이다. 폐선의 제2 삶인 셈이다.

부경대학교 해양박물관 앞뜰에는 반 톤 남짓의 폐선 한 척이 'PUSAN KOREA'라는 이름표와 함께 우뚝 서 있다. 1996년 이전까지는 수산대학교였기 때문에 조그만 해양박물관을 조성하여 옛날 이름을 되살리고 있는 것이다. 남천항의 폐선은 부경대의 선박에 비하면 무명 용사와 닮았다는 생각이 든다.

선박의 역사를 읽다 보면 사람의 역사가 그대로 따라 나온다. 폐선 박물관을 만드는 상상을 해 본다. 군함, 어선, 상선 등 그 많은 선박들이 폐선이 되었을 때 폐선박물관에 자리 잡는다면 폐선은 해양사를 기록하는 감동적인 역사책이 될 것이다. 폐선으로 마감하지 않는 선박이 어디 있겠는가. 폐선 속에 인간의 길이 보이고, 폐선은 인간과 소통하는 바다가 된다. 폐선과의 소통이 제대로 되었을 때 폐선은 폐선이 아니라 인간으로 승화될 것이라는 명제를 만들어 본다.

해운대 송정 바닷가 언덕에 자리잡은 '모닝 캄' 카페에서 커피 한 잔을 즐긴 적이 있다. 진한 아메리카노 커피향에 취해 눈을 감았다. 갑자기 무궁화호 열차가 지나가는 소리에 눈을 뜨고 커다란 유리창 밖을 보았다. 덜커덩거리는 기차 너머로 송정 해수욕장 백사장이 펼쳐져 있고, 저 멀리 수평선 가까이에 배 몇 척이 유유히 떠 있는 모습이 한 폭의 그림처럼 떠올랐다.

얼마 전부터 해안선을 끼고 있는 동해남부선 철도를 해운대 신시가지 쪽으로 옮기기 위한 철도 공사를 하고 있는 중이다. 잘됐다 싶다. 철길이 놓여 있는 미포, 송정 해안가에 폐선공원을 만들면 한결 운치가 있을 것이란 달콤한 상상의 나래가 한없이 펼쳐진다. 폐선박물관보다는 폐선 공원이 사람들에게 더욱 친숙하게 다가올 것 같다. 우선 입장료 없이도 그동안 겪었던 자유의 역사를 마음껏 즐길 수 있기 때문이다.

폐선공원엔 여러 종류의 크고 작은 배들이 보이는 듯, 숨은 듯 해안선을 따라 들쭉날쭉 모여 있다. 바다를 낀 수족관 앞에서 유치원 아이들이 재잘거리는 모습이 보인다. 젊은이들이 선박에 기대어 사진 찍는 모습도 심심찮게 보인다. 어느 커다란 퇴역선 앞에선 늙수구레한 노인 몇몇이 퇴역 장교처럼 알 수 없는 표정을 짓고 있다. 그 속에 몰래 끼여 그들의 얘기를 엿듣는다. 오랫동안 마음에 삭혀 둔 이야기를 풀어내고 있을 성싶다. 가슴속에 쌓였던 무거운 역사를 몽땅 털어내고 나니 텅 빈 만족감, 폐선 같은 마음이 되어 허허롭게 웃고 있는 환영이 떠오른다.

비워 버려야 마음이 밝아진다는 철리를 폐선에서 배운다. 빈 배의 추억이 감동이 되니 기쁠 수밖에. 폐선이 날로 새로워지는 미래로 성큼성큼 걸어오는 것 같다. 아아, 저 너그러움이라니. 폐선공원을 상상력으로 그리다 보니 슬그머니 지나버린 청춘, 옛날이 자꾸 되돌아온다. 폐선과 나는 끝없는 청춘이런가.

남천항의 폐선은 폐선이 아니다. 망망한 파도를 가르며 태평양으로 떠나는 고동 소리가 울린다. 시칠리아의 장미 파이프를 입에 문 나는 더 먼 바다를 향해 망원경을 눈에 대고 있다.

혼자 먹는 밥

난 가끔 혼자 밥 먹는 경우가 있
다. 아니 종종 있다고 하는 게 맞을 것 같다. 아내가 딸자식이
있는 서울로 가는 일이 잦기 때문이다. 열 달 동안 엄마의 배 속에
서 속삭이고, 어려서부터 쭉 동일 네트워크 구조를 가져서인지
모녀는 친구 그 이상이다.

우리는 밥을 먹기 위해 일을 하고, 일을 하기 위해 밥을 먹는다.
밥은 삶의 시작이면서 끝이요, 희망이다. 밥을 먹는다는 것은 생
물학적 조건을 뛰어넘어 정신적 삶의 질을 결정하는 절박한 생존
전략이기도 하다. 밥이 없으면 모든 게 헛것이 되어버린다. 자유
나 정의를 내세워 존재를 따지는 건 밥을 먹고 난 후의 부차적인
일이다. 보릿고개라는 트라우마가 아직 남아 있는지, 오늘날도
'식사했느냐'는 말을 인사로 대신하는 경우가 많다. 생명체는 어

떤 방식이든 밥이라고 여길 수 있는 것을 섭취해야 목숨을 부지한다. 이는 꼭 나를 두고 하는 말인 것 같다. 그렇지만 혼자 먹는 밥에 맛을 붙이기가 여간 어려운 게 아니다. 밥맛은 생명의 맛이다. 가난했던 어린 시절 찌그러진 양푼이 보리밥, 멸치 한 마리가 추억으로 남는 것은 같이 먹을 사람이 있었기에 가능한 일이었다. 비록 보잘것없는 식사라 하더라도 서로의 가슴을 부딪칠 수 있는 심미心味가 있다면 향수가 됨을 체험하고 있는 중이다.

혼자 식당에 들어서기가 영 쑥스럽다. 독거노인도, 기러기 아빠도, 워킹 푸어working poor도 아니기에 더욱 그렇다. 일본에선 혼자 밥 먹는 것을 고식孤食이라 하고, 이는 고령화와 개인주의 풍조 탓으로 30% 정도가 고식층에 속한다고 한다. 실정이 그렇더라도 나에겐 고령화니 개인주의니 하는 말도 그다지 반가운 말은 아니다.

해운대 신시가지에 살 땐 아는 사람이 많아 식당에 가면 빈 테이블보다 먼저 안면 받치는 손님이 있나 없나 둘러보는 게 버릇이었다. 혹 아는 사람이 손을 흔들거나 목례를 하면 나도 덩달아 주춤거리며 눈빛 인사를 하고, 식당을 휘둘러보면서 일행을 찾는 척하다가 잽싸게 빠져나오곤 했다. 지금 살고 있는 남구 용호동엔 아는 사람이 거의 없어 잘됐다 싶었는데 그게 아니다. 네 사람 테이블에 혼자 앉는 게 어쭙잖아 식당 주인 눈치부터 살피게 되기 때문이다. 조금 비싼 걸로 시켜 보지만 메뉴판이 사료판같이 보이니 밥맛도 소태 맛이다. 중국집에 1인분 시켜 먹는 일도 마음이 편치 않기는 매한가지다. '요즈음도 1인분 시키는 사람이 있나.' 하는 종업원의 짜증스런 얼굴이 달려드는 것 같아 멋쩍기만 하다. 밥을 먹었는지 굶었는지 걱정해 줄 사람이 없다는 것, 함께 밥 먹을 사람이 없다는 것은 상상만 해도 가슴에 횡하니 서늘한 바람이 지나간다.

애기가 영 빗나가지만 빌게이츠는 1년에 두 차례 1주일씩 네트워크를 스스로 끊고, 오두막집에 은둔한 채 마이크로소프트 세계 전략 밑그림 그리기에 몰입하는 생각 주간think week을 갖는다고 한다. 이때 획기적인 발상이 떠오른다고 한다. 결재 서류에 파묻힌 지도자는 영감을 얻을 수 없다는 논리이다. 그렇기에 클린턴 대통령의 비서실장 역시 대통령 일과표의 35%를 혼자 생각할 수 있는 시간으로 확보해 주었다고 한다. 맞는 말이다. 하나 빌게이츠, 클린턴도 나와 같이 혼자 밥 먹는 신세라면 별수 없을 것이란 생각이 든다.

전에는 아내가 없으면 자유가 보여 콧노래가 절로 나왔었다. 서울 가거나 친정에 갈 때 생식, 반찬, 냉장고 배열 구조라든지 화분 물주기 따위를 장황스레 설명하면서 미적거릴 때마다 잔소리 그만 하고 어서 갔으면 싶었다. 그러나 지금은 최소한의 자존심 확보 차원에서 꼭 가야 되는 이유를 묻게 된다. 전에는 당당하게 '열심히 일한 당신, 서울로 떠나라!' 였는데, 지금은 정반대다. '서울, 꼭 가야 하는가베.' 자존심이란 바람이 몽땅 빠져 버려, 온 삭신이 무뎌지면서 양성평등이 깨지는 순간이다. 내 마음의 옹이진 병, 순전히 아내 책임이다.

'아냐, 혓바닥에서 맴도는 소리야. 내 책임이야. 달아나는 부하 직원의 마음을 붙잡지 못해 사장이 외로운 것도 사장의 책임이듯이 말이다.'

야구 경기에서 보내기 번트는 1루나 2루에 나가 있는 주자를 위해 타자가 희생하는 일이다. 미시적인 야구 경기 방법인데 주로 일본, 대만, 한국 등 동아시아 국가에서 많이 사용한다. 속보이는 작전이지만 타자는 이기기 위해서 감독의 보내기 번트 사인을 수용할 수밖에 없다. 딸애와 아내의 전화 얘기가 깔깔거리면서 길어지는 걸 보니 또 서울 보내기 사인이 나올 것 같다.

이제 내가 달아나 볼거나. 그런데 갈 곳이 마뜩잖다.

그릇에서 배운다

\# 1

학년초가 되면 우리 아이들에게 '똑바로 놓인 그릇이 되자'는 주제로 다음과 같은 얘기를 한다. 학교장의 연례 행사인 셈이다.

이 세상에는 많은 그릇이 있다. 모양도 다르고 크기도 다르다. 나무그릇, 질그릇, 사기그릇, 놋그릇, 스테인레스그릇, 유리그릇 등.

그런데 아무리 잘생기고, 크고 예쁜 그릇이라도 거꾸로 놓여 있다면 소낙비, 장대비 같은 많은 비가 쏟아져도 한 방울의 물도 고이지 않는다.

그러나 아무리 못생기고, 작고, 찌그러진 그릇이라 하더라도 똑바로 놓여 있다면 봄비, 이슬비, 가랑비 같은 적은 양의 비가 내려도 물이 가득 고인다.

오늘은 여러분의 마음이 설레는 개학 첫날이다. 오늘부터 여러분은 선생님의 이야기 하나하나가 듬뿍 고이도록 똑바로 놓인 그릇이 되어야 할 것이다.

그런데 그게 아니다. 어느 날 갑자기 깨우쳤다고나 할까. 몇 년 동안 앵무새처럼 당당히 얘기했던 그릇 이야기가 상당히 잘못되었음을 알게 된 것이다. 그것은 누가 먼저 똑바로 놓인 그릇이 되어야 하는가 하는 자문이 생기고 나서부터이다. 교장도, 선생님도, 학부모도 똑바로 놓여 있지 않으면서 아이들에게만 똑바로 놓인 그릇이 되라고 외쳐 대 봤자 아이들은 다 알고 있다. 계면쩍다 못해 섬뜩하다.

제멋대로 놓여 있는 어른 주제에 아이들만 나무랐으니 기가 막힐 일이 아닌가. 아이들이 제멋대로인 것은 우리 어른들이 그동안 저지른 죗값일 뿐이다.

2

도자기 엑스포가 열리고 있는 경기도 이천 도예촌을 찾은 적이 있다. 도예공들의 숨은 발자취가 도자기 문화공동체를 이루고 있다. 신석기시대의 빗살무늬토기, 청동기시대의 민무늬토기, 삼국시대를 거쳐 고려청자, 조선백자의 맥이 이천 도예 마을로 면면히 이어지고 있음을 본다.

박물관에서 보았던 고려청자와 조선백자. 수많은 학의 무리가 가을하늘을 오르내리는 고려청자, 달빛의 명상과 고요가 담겨 있는 조선백자 항아리가 마음속에 스치기도 했으나 막사발, 질그릇, 뚝배기그릇에 온몸이 멈춘다.

청자나 백자와 같은 우아한 분위기는 아니나 순박하고 질박한 그릇에서 일체의 형식이나 미의식을 초월해 버린 막사발류의 그릇들, 조선 시대부터 오늘날까지 소박한 서민들의 삶과 마음이 숨쉬고 있음을 본다. 뜻밖에 자유스러운 무형식의 미학을 배운다. '꽃은 꽃을 버려야 열매가 되고, 강은 강을 버려야 바다에 이른다.'는 화엄경의 말귀처럼 아름다움은 아름다움을 버려야 진정한 미의 경지에 이르는 게 아닐까 하는 철학 속의 철학을 막사발에서 깨우친다.

막사발은 살아 있다. 코팅을 하거나 화학 처리를 하는 순간 그 그릇은 죽은 것이라는 도공의 말이 아니더라도 수긍이 간다. 막걸리 한 사발을 벌컥벌컥 들이켜거나 설렁탕을 먹더라도 음식이 살아 있음을 느끼고 있지 않은가. 막사발은 욕심과 허영의 때를 벗겨 내고 빈 마음으로 살라고, 나무의 옹이처럼 아픔을 견뎌 내라고 타이른다. 인고 속에 물레를 돌렸을 선조들의 지혜와 숨결은 느림, 어울림, 깨달음의 미학이 되어 마음속 옹이로 남는다.

우리 집 거실에는 동글납작한 하얀 항아리가 하나 있다. 빈 항아리가 심심할까 봐 꽃을 꽂았더니 며칠 안 가서 시들어 버린다. 꽃이 시들고 나니 항아리도 시들어 보여 밉상스럽다. 먹다 남은

찬그릇을 씻어내면 그릇이 한결 싱싱해 보인다. 쌀독의 쌀을 퍼낼 때마다 쌀독이 알 수 없는 휘파람을 분다.

비어 있어야 그릇이다. 비워냄과 채움의 가감승제加減乘除를 그릇을 보면서 배운다. 자신을 속이며 아등바등 채우는 욕심을 비워 내라고 그릇이 다그친다. 빈 손이 되어야 남의 일손을 도울 수 있다고 일러준다. 머릿속에서 점멸하며 디지털화된 쓰레기 정보를 비워 내야 아날아날 아날로그적 정이 흐름을 배울 수 있다고 속삭인다.

비워야 새로워진다. 내가 새로워져야 세상이 바로 보인다. 그릇에서 인생의 본질, 된사람의 아름다움을 배운다.

무지개 만드는 사람들

아름다운 추억은 향기롭다.

반송동에 있는 변두리 학교에서 몇 년 근무한 적이 있다. 출근 길은 석대화훼단지를 지나야 했다. '행복화원', '행운꽃집' 같은 간판을 단 화원을 지나노라면 허공에 뜨는 무지개를 보는 기회가 더러 있었다.

수건을 동여맨 주근깨 여인은 긴 호스를 높이 치켜들고 공중에 물을 뿌리듯 나무나 화분에 물을 뿌려댔다. 물줄기는 반원을 그리며 기분 좋게 뻗어 나간다. 물줄기 위에 아침 햇살이 얹히자 영롱한 무지개가 떴다. 그 여인은 이리저리 호스를 둘러대며 물장난하는 어린아이처럼 무지개를 그리는 퍼포먼스를 했다.

빨간 장미, 주황색 나리꽃, 보라색 라일락, 해바라기를 타고 오르는 나팔꽃 위로 물방울이 흩어질 때는 그 꽃방울을 닮은 무지개가 크리스털처럼 반짝거렸다. 그러면 내 마음에는 어느새 사랑의 무지개가 치솟는 듯했다.

사랑하면 덧니도 매력으로 보인다고 했던가. 하루하루의 출근길을 기쁘게 만들어 주는 주근깨 여인. 그녀의 주근깨가 지금도 내 마음속에 사랑이라는 피사체로 은근히 남아 있다.

여름방학 때의 일이다. 학생과 선생님이 없는 8월의 학교는 적막강산이다. 무료함을 달래려고 단테의 '신곡, 연옥편'의 끝부분에 붙어 있는 포스트잇을 들추어 폈다. 단테의 연인인 베아트리체를 그리며 건성건성 책장을 넘기고 있는데 교장실 문을 누군가가 쿵쿵 두드렸다. 예의 없다 싶었지만 멋을 부린 차림새의 한 학부모가 문지방에 선 채로 한마디한다.

"교장선생님, 5학년 3반 선생님 2학기 땐 꼭 바꿔 주이소."

"왜 그러십니까?"

"아니, 방학 때 학원 가야 할 바쁜 아이들을 심심하면 불러내서 산으로, 바다로 싸다닌다 아입니꺼."

"아, 그래요. 무슨 연유가 있겠지요. 알아보고 내일 전화드리겠습니다."

이튿날 광안리 해수욕장엘 갔다. 먼발치서 수영복 차림의 아이들 몇 명과 선생님이 신나게 놀고 있었다. 늙은이가 온 걸 알면 분위기 깨질까 봐 조금 떨어진 곳에서 피구하는 모습을 지켜보았다. 뚱뚱한 체구에 말괄량이인 처녀 선생님은 마구 웃음을 날리며 아이들의 공을 맞고 넘어지길 반복하고 있었다. 아이들의 집

중 공격을 받고 있는 선생님이 안타까워 선생님 편이 되어 같이 뛰고 싶은 마음을 겨우 참아내고, 웃다가 놀라기를 반복하다가 돌아왔다.

이튿날 학부모에게 전화했다.

"현수 어머니, 어저께 광안리 해수욕장에서 선생님과 아이들이 마음껏 뛰노는 모습을 보았습니다. 모두가 한 움큼씩 무지개를 만들면서요."

"뭐라꼬예? 무지갠 무신 놈의 무지개……."

"예, 무지개 말입니다. 오늘은 웃고 돌아오는 현수를 꼭 껴안아 주십시오. 교직생활 40여 년 만에 보기 드문 멋진 모습을 보았습니다."

"교장선생님예."

"예, 말씀하십시오."

"가재는 게 편이라더니……."

궁시렁대면서 전화를 끊어버린다. 그래도 내 마음은 조금도 불편하지 않았다. 광안리 해수욕장의 무지개가 교장실로 날아들어 오랜만에 교장실의 외로움을 털어내고 있었기 때문이다.

요즈음 무지개 구경한 지도 꽤 오래된 듯하다. 이곳저곳에서 뿜어내는 이산화탄소 과잉이 오존층에 구멍을 내어 지구가 호흡기병에 걸려서 그렇다는 말을 들었다. 그 옛날엔 한바탕 소나기가 지나간 하늘은 무척이나 맑았다. 흩어지는 먹구름 사이로 해님 얼굴이 보이는가 싶더니 쌍무지개가 반원을 그리며 산마루에 걸리고 낮은 하늘에도 내려앉는다. 사람들은 호랑이가 장가간다며 기뻐했다. 어린 시절 강가에 떠 있는 무지개는 끝없는 희망을 안겨 주곤 했다. 무지개가 떠 있는 곳을 파면 금은보화가 나온다는 전설을 생각하며 가슴이 부풀어오르기도 했다. 선녀들이 깊은 산속 물 맑은 계곡에 목욕하러 무지개를 타고 지상으로 내려온다는 전설은 어린 마음을 끝없이 설레게 했다.

몇 년 전 선생님들과 함께 '반송어린이집'에서 봉사한 적이 있다. 다운증후군, 대·소변을 못 가리는 평생장애아, 뇌성마비, 정신박약 그리고 생후 일주일 이전에 버려진 아동 등 마흔일곱 명이 자원봉사자들의 보호를 받고 있었다. 수녀원 50%, 국가 20%, 후원기금 30%로 운영되고 있지만 80% 이상의 실질적인 운영은 자원봉사자들의 노력으로 이루어지고 있다고 했다.

'저 아이들도 나이를 먹겠지. 더 이상 이곳에 머물 수 없을 땐 어디로 가야 하나.' 다혈질을 숨길 수 없어 갑갑한 마음이 온몸을 휘감았다. 불확실한 그들의 미래, 우리들의 사랑과 관심만을 기다리고 있다는 생각은 지금도 지워지지 않는 트라우마로 남아 있다.

매주 토요일 '밥퍼' 자선단체에서는 900여 명의 노인들에게 한 끼 식사를 제공하고 있다. 자원봉사에 참여했던 어느 지인은 큰 충격 속에 '세금은 다 어디로 빠져 나가나. 장기적으로는 국가가 나서야 하지 않느냐.'며 흥분한다. 그러면서도 봉사를 해보니, 봉사는 남을 위한 게 아니라 자신을 위해 하는 것임을 느껴 뿌듯했다며 웃는다. '밥퍼' 운동에 참여했던 그의 따뜻한 이야기가 고봉

밥이 되어 한참이나 눈에 어렸다. 도움주기와 도움받기를 이음동의어로 승화시키고 서로의 자아실현을 위해 봉사하는 사람들, 그들은 진정한 자유인이다.

우리 주변에는 크고 작은 많은 자원 봉사 단체가 있다. 나눔의 정신 확산에 힘쓰고 있는 '아름다운 가게'의 사람들. 교도소를 출감해도 가정도 직장도 없는 사람들을 돕는 '갱생보호' 단체 회원들. 치매·독거노인을 돕는 '동백회', 그리고 최근에 발족한 '나눔 리더스 클럽' 등 수많은 봉사 단체가 있다. 종류도 크기도 내용도 모두 다르다. 무지개는 누구나 만들 수 있다. 작은 봉사가 모여 무지개가 된다. 문제는 마음이요, 실천이다.

무지개를 만드는 사람들의 모습은 일곱 가지, 열 가지, 스무 가지, 무한의 색으로 아름답게 번진다. 바라보지만 말고 조금씩 봉사하다 보면 당신도 무지개가 된다고 손짓하고 있다.

이백 년 전 영국 시인 워즈워스는 <무지개>라는 시에서 어린 시절의 순수한 마음을 평생 간직하며 살아가기를 소망하고 있다. 무지개를 보고 감동하지 않는 사람은 죽은 거나 마찬가지라면서, 어른이 되어도 어린이처럼 자연의 아름다움에 감동할 줄 알아야 한다고 역설했다. '어린이는 어른의 아버지'라는 시 구절에서 그의 순수하고 경건한 마음을 읽어 낼 때마다 내 모습이 부끄럽게 움츠러듦을 느낀다.

그 옛날 무지개 좇던 아이들을 죄다 모아 지난 세월을 아름답게 합창하고 싶다. 광활한 설원에서 뒤뚱거리는 펭귄의 모습이 귀엽지 않은가. 날개가 있어도 날기를 포기한 펭귄의 동작에서 삶의 지혜를 배우기도 한다.

무지개를 만들지 못했어도 무지개를 그리는 우리들. 떡은 없어도 무지개는 남아 있는 무지개떡처럼, 이제라도 꽃무지개, 별무지개, 달무지개를 하나씩 만들고 싶다. 무지개 박힌 편지지에 어릴 적의 아름다운 사연을 적어 하늘 높이 둥 뜨고도 싶다. 그래서인지 아파트 숲에 전에는 없던 별들이 무지개처럼 수놓고 있는 것이 보인다.

나는 하늘의 별을 여기저기 헤아리고 있다.

승부리의 아이들

경북 봉화군 석포면 승부리承富里
는 마음속에 늘 신화처럼 똬리를 틀고 있는 곳이다. 내가 근무하
던 1966년도에는 행정구역이 경북 울진군 서면 승부리였다.

탄광지대인 통리 밑자락 바위 틈에 가까스로 서 있는 이곳에는
참나무 껍데기로 지붕을 이고, 흙으로 벽을 쌓은 오두막집 두 채
가 산비탈을 등지고 마주 보고 있다. 내가 근무한 학교는 울진군
서면 소천초등학교 승부분교장分敎場이었다.

승부분교장 전교생은 열일곱 명이었다. 이 산, 저 산 구석구석
독가촌獨家村에서 모인 학생들이다. 나는 2, 4, 6학년 여덟 명의
담임이었다. 함석 지붕을 네 개의 나무 기둥이 떠받치고 있는 교
실에서 3복식複式 수업을 했다. 6학년 음악 시간에는 2, 4학년 동
생들이 수학, 사회 공부를 하다 말고 같이 노래를 부르곤 했다.

교실 밖은 곧바로 산비탈에 가꾸는 옥수수밭 천지였다. 언덕 아래 도랑에서 아이들의 목때를 씻겨 주고 가재, 피라미를 잡다 보면 하루 해가 저물곤 했다. 놀이가 공부요, 공부가 놀이였던 그 시절이 아직도 내 가슴에 오롯이 남아 있다. 미술시간, 시멘트 포대를 도화지 크기로 잘라 낸 누런 종이에 그린 그림에는 낙동강 원류가 새까맣게 흐르고 있다. 이웃이 온통 탄광지대이기 때문이다.

두 달에 한 번 꼴로 남학생들에게 이발을 해 주면서 동산 아래 승부역을 지나는 화물열차 소리에 '기찻길 옆 오막살이' 노래를 흥얼거리기도 했다. 사람들은 산골 오지 중의 오지인 승부역을 하늘도 세 평, 꽃밭도 세 평, 마당도 세 평이라는 말로 나타내었다. 세 평 간이역이 없었다면 영동의 심장이요, 수송의 동맥이란 말도 필요 없었으리라.

학부형은 모두가 화전민火田民이었다. 6학년 학생의 학생기록부에는 전출·입을 뜻하는 빨간색 글자가 빼곡하다. 불을 질러 만든 옥수수밭이 몇 년 지나면 땅심이 약해져 다른 땅을 찾아 부모를 따라 학교를 옮겨야 했다.

하루는 6학년 한 학생이 자기 집에 가자고 한다. 왜 그러냐고 물으니 그냥 가자고 한다. 그래, 그냥 가자며 따라 나섰다. 세 학생이 앞장서는데 산을 둘러 가지 않고 승부역 철도 쪽으로 가는 게 아닌가. 집이 어디냐고 했더니 저기 터널을 지나 조금 올라가면 된다면서 웃는다. 화물열차가 수시로 지나는 걸 아는 터라 "애들아, 죽을라고 환장했냐."고 했더니 "선상님, 걱정마시더." 한다.

한 학생이 레일에 귀를 갖다 댄다. "선상님, 지금 기차가 안 오니더. 터널을 두 번 걸어 지나도 괜찮니더." 한다. 이 아이들은 가끔 이런 식으로 터널을 지나다보니 익숙한 모양이었다.

깎아지른 듯한 절벽 틈새의 기찻길 터널을 지나는데 어찌나 온몸이 저렸던지 그날의 기억은 지금도 칙칙폭폭거리고 있다. 오두막집에 도착해서도 석탄불 증기기관차가 달려드는 것 같아 만덕이 아버지가 내놓는 강냉이술 한 대접을 단숨에 마셔 버렸다. 그날 밤 까막눈인 아버지를 위해 군대 간 아들에게 편지 대필을 하면서 주거니받거니 몇 사발을 더 들이켜니 기차 소리가 그제야 멈추는 듯했다.

고향이 제주인 나는 방학이 끝나기 이틀 전에는 어김없이 열네 시간짜리 목선을 타야 했다. 파도에 시달리며 부산에 도착하면 곧장 비둘기 열차로 김천을 지나 영주로, 영주에서 영동선을 타고 승부역까지 가는 데 많은 시간이 걸리기 때문이다.

그로부터 사십여 년이 지나 테마여행이라는 이름으로 다시 승부에 갔다. 그런데 이게 무슨 상전벽해인가. 승부는 환상선 눈꽃 열차를 타고 온 사람들로 북적대었다. 학교 앞 오두막집 두 채는 그냥 있는데, 학교는 폐교된 지 오래되었다고 한다. 나와 함께 뛰놀던 제자들 중 나이 많은 학생은 육십이 다 됐겠다. 동행한 아내는 내 마음을 아는지 모르는지 그저 관광객 속의 한 사람이 되고 있다. 타임머신을 탄 나는 나만의 사십여 년 전의 세계로 빠져들었다. 나를 터널로 밀어넣었던 만덕이, 그 늙은 아이가 나를 보고 웃고 있는 듯하다. 보고 싶다. 그 옆에 레일에 귀를 대고 있는 아이들의 등이 구부러져 있다. 문득, 정말로 문득문득 승부역을 지나는 석탄 열차가 나를 닮았다는 생각을 뜬금없이 할 때가 있다.

통일호가 지나가고 무궁화호가 지나간다. 열두 시간 만에 한 번 여객 열차가 멎는 간이역에 비둘기호가 구구거리는 것 같다. 승부역에 내리면 달랑 한 명뿐인 역무원과 얘기를 나눈다. 조상 탓, 신세타령하다가 석포장날 같이 가서 빈대떡에 대포 한잔하자면서 눈을 맞추고 나면 학교 가는 길이 그렇게 가벼울 수 없었다.

승부란 곳은 예나 지금이나 속세를 내려놓은 곳이다. 소리도 비워 놓고, 침묵하는 곳이다. 자연의 순백이 온전히 살아 있는 승부는 소멸과 생성, 무無와 유有가 넘나드는 곳이다. 시간은 모든 것을 변하게 만드는 것인가.

불현듯 내 마음 한 켠을 두드리는 소리가 내 안에서 들린다. 학교는 없어졌지만 아이들의 혼은 승부 골짜기마다 살아 있다고.

휴대전화공화국

아내가 거실에서 통화하고 있다. 얼굴빛이 화사한 걸 보니 서울 사는 큰딸의 전화인 것 같다. 무슨 이야기가 그리 많으냐고 짜증을 냈더니 전화기를 들고 큰방으로 들어가 문을 딸그락 잠가 버린다. 고종황제 당시 신하들은 전화기를 향해 큰절을 네 번하고 무릎을 꿇고 대화를 했다는데, 지금 환생한다면 어떤 모습일까. 나도 큰방을 향해 무릎을 꿇어야 문이 열릴 것 같다.

지하철을 탔을 때 휴대전화 소리에 가끔 어리둥절할 때가 있다. 내 휴대전화 멜로디와 같은 벨소리에 전화를 꺼내려는데 앞좌석의 아줌마가 얼른 받고 있다. 아무런 생산성이 없는 수다 떠는 얘기가 세 번째 역을 지나도 계속 이어진다. 새롭게 공공음악이 된 전화벨 소리 때문에 내 눈과 귀가 아줌마의 휴대전화 목소리에 지쳤는지 피곤하다.

휴대전화공화국, 소음공화국이라는 반갑잖은 별칭에 걸맞게 휴대전화 소리 없는 곳이 없다. 길거리는 물론이요, 지하철, 교실, 도서관, 심지어는 회의장, 극장 등 없는 곳이 없다. 캄캄한 극장 뒤켠에 진동음과 함께 신호가 깜박이는 걸 본 경험은 나만의 일은 아닐 것이다.

산 넘고 물 건너 주고받던 아날로그 달빛 편지는 옛 추억이 되어 버렸다. 온통 디지털 메시지뿐이다. 문자 메시지의 홍수 속에 사람의 정은 갈수록 메말라 가고 있다. 동창회, 동호회, 대리운전, 정치인의 문자 메시지가 쏟아진다. 정서의 교류나 공유를 외면하는 스팸 메시지는 짜증나는 불청객이 되고 있다. 휴대전화는 대중의 모든 공백을 채워 주겠다는 듯이 전투적인 자세로 아날로그적 관심과 시간을 빼앗고 있다.

불과 몇 십 년 전만 해도 공중전화 부스에 길게 늘어선 사람들의 모습을 보는 일은 흔한 일이었다. 지금의 공중전화는 노숙인이나 휴대전화가 먹통이 된 특별한 사람들만이 이용하는 구닥다리로 전락했다.

청색전화니, 백색전화니 하는 시대가 있었다. 자유로이 사고팔 수 있는 백색전화 한 대 값은 집 한 채 값과 맞먹는 재산 목록 1호였다. 당시 다방은 전화 커뮤니케이션의 아지트였다. 문인과 영화인들의 아지트요, 실업자들의 유일한 피난처였다. 다방은 사람들의 연락 장소이자 섭외기관이었다. 자신에게 전화가 걸려 오기를 기다리며 목이 빠져라 다방 레지의 목소리를 기다리는 사람들로 가득했다.

어느 언론인은 귀국 일지에서 '한국에선 개나 소나 휴대전화를 갖고 있다고 한 선배가 말했다. 한국에 도착한 날 나도 휴대전화를 갖게 되었다. 한국을 떠나면서 반환했다. 나도 한국에선 개나 소가 되었던 셈'이라고 했다. 이렇게 흔해빠진 휴대전화를 잃어버린 한 친구가 크게 낙담을 한다. 하나 사면 되지 왜 그러느냐고 했더니, 그동안 입력해 온 '인적 네트워크'를 분실했다면서 눈물을 글썽거리기까지 한다. 휴대전화가 우는 것인지 사람이 우는 것인지 퍽 난감했다.

휴대전화가 인간의 기억을 대신하면서 인간의 기억 능력이 점점 약해지고 있다. 디지털 기기의 사용이 보편화되면서 자신이 기억하고 있던 전화번호나 기념일, 중요한 약속 등을 잊어버리는 디지털 치매현상이 번지고 있다. 기계에 종속된 인간들의 서글픈 모습이다.

요즘 중·고등 학생들에게 가장 무서운 체벌은 '휴대전화 일주일간 압수'라고 한다. 그들에게 휴대전화는 세상과 소통하는 입이요, 귀인 것이다. 휴대전화가 없으면 정신적 공황 상태에 빠지고 만다. '나는 전화한다. 고로 존재한다.', '휴대전화, 네가 없으면 내가 없는 거야'. 스킨십 대신 휴대전화 문자로 소통하는 아이들을 방치한 어른들, 그들마저 휴대전화에 중독되어 있으니 할 말을 잃는다. 중독자가 중독을 치료하겠다는 이상한 나라다. 아이들에게 뇌가 쉴 수 있는 여유, 지루함을 가끔씩 만들어 주자. 스티브 잡스, 전 애플 최고 경영자가 늘 인문학과 기술의 접점을 찾아야 한다고 강조하지 않았던가. 인문학 속의 아이들이 창의적인 아이디어를 찾는 모습은 상상만 해도 즐겁지 않은가.

지금 우리나라는 휴대전화가 신흥종교의 교주처럼 모셔지고 있다. 정이 많은 민족이어서 그런지 고독으로부터의 탈출을 계속 시도하고 있다. 휴대전화, 고독을 풀어주는 진정제로 여기고 있는 것이다. 휴대전화 문자 메시지가 고독을 해소하는 역할을 한다고 하지만 문자 메시지 때문에 고립을 참지 못하는 역설을 간과하고 있다. 휴대전화는 스트레스를 풀어준다고 강변한다. 스트레스를 푸는 카타르시스 기능을 대신하는 무기요, 탈출구로 착각하고 있다. 휴대전화를 한국형 평등주의에 잘 어울리는 미디어로 간주하면서, 인맥 사회를 형성하고 그러한 인맥을 정당한 능력으로 간주하고 있다. 그러나 휴대전화는 사람이 아니다. 하이테크인 한갓 기계일 뿐이다. 휴대전화 시장이 끝없이 넓어지고 있다. 기술 발전에만 환호할 일인가. 생각이 빈곤한 사람들에게 휴대전화를 도구로 활용할 줄 아는 사고력, 논리력을 높이는 노력이 함께 '통화'되어야 한다. 대한민국은 지금 통화중이다.

휴대전화를 찾는다고 아내가 부산을 떨던 때, 내 휴대전화를 내밀면서 신호를 보내라고 했다. 그랬더니 자신의 전화번호를 까먹었다고 한다. 단축번호 1번을 누르라고 힘주어 말한다. 전화벨 소리를 쫓아 거실 소파 방석 밑에서 자신의 휴대전화를 찾곤 히죽이 웃는다. 단축번호 1번이 자신임을 확인한 웃음일까. 가정의 평화, 먼 데 있는 게 아니었구나. 그러고 보니 아내는 디지털 치매요, 나는 휴대전화의 열렬한 신도다.

정년퇴직 후 12박 13일 일정으로 북유럽을 여행했다. 휴대전화, TV가 없는 생활은 의외로 자유스러웠고 해방감 같은 편안함을 안겨 주었다. 기계가 없으니 가족이 보이고, 책이 보이고, 자연이 보였다. 미디어 없는 세상은 사람 사는 곳이었다. 미디어로부터의 도피는 진정한 자유인이 되는 그런 일이었다. 그것은 행복이었다. 찻집에서 누군가를 한 시간 이상 기다려 본 사람은 아날로그의 숨소리와 온기를 느낄 것이다. 그립다, 아날로그여.

방학 속의 방학

아침 신문을 펼친다. 수십 종의 학원 유인물이 줄줄이 쏟아진다. 방학을 알리는 신호탄이다.

방학은 틀에 짜인 학교 교육과정에서 벗어나 공부를 쉬는 기간이다. 공부를 놓고, 노는 기간이라 해도 무의미한 게 아니다. 대나무가 틈틈이 마디를 맺는 것만큼이나 중요하다. 방학은 건강을 위한 에너지 축적기간이요, 획일성에서 벗어난 개성 신장의 기회로 삼을 수 있는 알뜰한 기간이다. 아이들은 놀면서 배우고, 배우면서 쑥쑥 자라는 법이다. 방학은 배움을 놓는 것이 아니고, 놓아서 배우는 것이다.

놀이는 아이들의 인격형성에 중요한 역할을 한다. 놀이를 통하여 자신의 감정을 다스리는 능력을 길러 책임감, 협동심을 자연스럽게 익힌다. '놀이하는 인간'이라는 말이 있다. 현대 교육의 태두인 존 듀이는 아동은 '놀면서 배운다learning by doing'며 놀이의 중요성을 강조한다. 아이들에게 방학은 인생을 배우는 더없이 좋은 기회이다.

오십여 년 전의 방학은 지금도 나를 생생한 추억 속에서 뛰놀게 한다. 바닷가로, 냇가로 내달렸던 일. 원두막을 찾아다니면서 벌였던 짓궂은 일, 모깃불을 피워 놓고 귀신잡이 놀이하던 일, 쏟아지는 별빛을 둘러쓰고 마당에 벌렁 드러누워 상상의 나래를 폈던 일은 지금도 나를 붕 띄운다. 곤충채집, 식물채집, 공작품 만들기는 후딱 해치웠던 기억이 눈에 선하다. 부모나 그 누구에게도 숙제해 달라고 졸랐던 기억은 없다.

어느 지인이 근무하고 있는 초등학교 6학년 학생들에게 설문지를 냈더니 평소보다 방학 때 학원 다니는 학생이 10% 이상 많았고, '엄마는 방학을 싫어한다.'고 응답한 학생이 20%나 되었다고 한다. 탈색된 무지개는 무지개가 아니듯이 방학의 의미가 퇴색되어 가고 있다. 우리의 아이들에겐 신나는 방학이 아니라 무거운 방학이 되고 있어 안쓰럽다. 방학 중 반드시 재충전해야 할 것은 공부 때문에 메마른 체력 증진과 인간성을 키우는 일이다.

학교의 방학 과제와 아이의 학습 문제는 쉽게 해결할 수 있을 것으로 판단된다. 요즈음 학교의 과제는 종래 교사 중심의 획일적인 과제 제시에서 벗어나 학생이 자신의 능력이나 필요에 따라 스스로 계획하고 실천하도록 유도하고 있기 때문에 크게 걱정할 일은 아니다. 다만 공부도 리듬이기 때문에 한번 깨진 학습 리듬의 복구는 힘들기에 아침 시간 조금씩 아이 혼자 학습 가능한 시간을 배려해 주면 된다. 학습의 양보다는 리듬 유지가 중요함을 엄마가 알고 있으면 그만이다.

아이의 건강과 사회성을 키워 주기 위해 각종 체험학습 프로그램에 참여시켰으면 싶다. 체험학습은 놀이와 학습이 결합된 것으로 이를 제대로 인식시켜야 한다. 곤충학교, 별자리 여행, 산골체험, 숲체험, 농촌체험, 늪체험 등 아주 많다. 만약 사정이 여의치 않아 체험학습 프로그램에 참여할 수 없다면 부모가 어린 시절을 보냈거나 할아버지, 할머니가 계신 시골로 훌쩍 떠나면 된다. 부모의 입장에서는 효도여행, 추억여행이요, 아이에겐 현장학습이 되어 가슴이 뿌듯할 것이다.

방학은 내 아이의 재능을 찾아 주는 좋은 기회이다. 방학을 맞아 창의력 계발이라는 명목으로 영재교육, 조기교육 등 수많은 학원 광고나 신문의 특집기사에 마음이 끌리는 것은 사실이다. 그러나 남과 똑같이 하는 공부가 개성있고 재능있는 인간으로 길러내는 데 큰 도움이 되지 않음을 알고 있지 않은가. 모두가 일등은 모두가 바보라는 얘기다. 자기 적성에 맞는 일을 찾아 기쁘게 일하는 것이 창의력의 바탕이 되는 진정한 영재교육이요, 조기교육이다. 방학은 얽매인 것에서 벗어날 수 있는, 그야말로 신명나게 뛰놀고 고함소리를 지르는 기간이다.

아이가 방학을 알차게 보내기 위해서는 부모가 자신의 어린 시절을 끄집어 낼 줄 아는 지혜가 있어야 한다. 내 아이의 능력과 현실을 인정하고 기대치를 줄일 줄 아는 자세가 필요하다. 월드컵 경기에서 투지 하나만으로는 역부족임을 경험했듯이 학부모의 극성스런 교육열을 식히는 기초·기본적인 마인드가 절실하다. 다시 기본으로 돌아가는 일이 방학의 본질을 살리는 길이다.

아이와 부모 사이에 볼썽사나운 그물이 끼여 있다. 이 그물을 걷어내야 한다. 누가 먼저 마음을 열어야 할까. 그건 당연히 부모다. 부모의 고정관념, 편향적 사고로 채색되어 있는 방학은 방학이 아니다. 학생 스스로 방학을 즐길 여유를 주자. 내 아이의 방학을 위해 어른이 한참 비켜서자. 아예 꼭꼭 숨어 버리자. 무엇인가에 도전해 보고 실패해 봄으로써 자기체화적 학습양식을 선택하도록 해 보자. 이는 오히려 실패할 가능성을 감소시키는 학습 기회가 됨을 우린 알고 있다.

그동안 빼앗아 온 방학을 우리 아이들에게 온전히 돌려주자. 고집스럽게 방학을 빼앗는 일은 돌이킬 수 없는 후회의 부메랑이 되어 돌아올지도 모른다. 남과 더불어 나의 꿈을 당당히 키워 나가는 아이의 모습은 바로 우리 어른들의 건강한 모습 그것이다. 그리고 그동안 고생한 엄마도 방학이 필요하다. 엄마의 방학은 쉼표다. 보다 나은 노래, 보다 나은 연주를 위해 쉼표를 제때, 제대로 쉬어 줘야 하는 그런 '쉼표 방학' 말이다.

40여 일의 긴 방학 중 진짜 방학은 학원 선생님이 휴가 가는 3~4일 정도다. 방학 속의 짧은 방학. 방학을 잃어버린 아이들에게 우리의 밝은 미래를 찾는다는 것은 잘못돼도 한참 잘못된 일이

다. 학원 없는 방학의 추억을 만들어 보자. 아이들의 빈둥거림을
참아내 보자. 늦잠 자고, 그네 타고, 공원에 가고, 이모집에 가고,
캠프도 가고, 아빠랑 여행도 하다 보면, 방학이 빠르게 지나갈 것
이다. 그 속에서 아이는 몰라보게 훌쩍 자라고 있는 것이다. 방학
은 아이들의 것이다. 방학은 방학이다.

골목길

골목길 따라 달이 걸어간다. 달빛이 뱉어낸 돌담의 그림자가 끊어졌다 이어지고, 숨은 듯 나타난다. 양 팔 벌리면 닿을 것 같은 꼬부랑길이 하늘과 맞닿아 있다.

그 옛날 도리도리, 까꿍하면서 아기를 잠재우던 할머니의 주름살 같은 푸근한 골목길을 찾아 나선다. 여유를 부리며 꼬불꼬불 휘돌다 보면 처음의 여유는 고무풍선처럼 금세 달아나 버리고, 제 자리를 쫓겨난 낡은 장롱처럼 헐벗은 나를 본다.

이끼 낀 돌담에 민들레가 피었다. 빈 집 지붕에도 민들레가 보인다. 버려진 고무 양동이에도 민들레가 앉아 있다. 양동이의 굳은 흙엔 채송화, 나팔꽃도 피었었겠지. 가슴 무거운 초겨울 골목길에 휭한 바람이 지나간 시멘트 조각들이 반짝거린다. 캄캄한 그믐밤, 툭 튀어나온 돌담 변소 옆을 깨금발로 소리 안 나게 걸어

갔던 조금은 무서웠던 추억이 스친다. 숫기 없는 사람은 발길을 돌렸을 그런 길, 간신히 길이 되어 추억 속 친구가 되고 있다.

골목은 추억이요, 그리움이다. 골목길에는 그리움이라는 과거의 희망이라는 미래가 어울려 아름다운 역사로 쟁여있다. 골목길이 역사를 풀어내며 생명의 소리로 나를 부른다. 골목길은 외로움을 다독이는 서정시가 되어 사람들을 불러 모은다. 마음속 골목길을 따라가는 내가 늙은 골목길이 되고 있음을 본다. 기계음을 멀리한 투명한 인간이 되고 있음을 알고도 그냥 웃을 수밖에 없다. 나는 어느새 전설 속 골목길이 되고 엉뚱한 상념에 빠져든다.

그러고 보니 인간의 언어로 탄생한 골목길은 지나온 내 모습과 매우 닮았다는 생각이 든다. 길을 흔들면 많은 것들이 흐물흐물 떨어져 나갈 것 같으면서도 겨우겨우 달라붙어 있는 그런 길. 느릿느릿 게으름을 피우면서도 어눌하게 여유부리다가 꼬리 감추는 내 모습이다. 오늘의 나는 골목길에서 만난 여러 관계들이 육화한 것이리라.

골목길은 떠나는 길이요, 돌아오는 길이다. 희망을 따라 떠나라고 다그치기도 하고, 그리움을 간직한 채 돌아오라고 채근하기도 한다. 희망과 그리움, 떠남과 돌아옴의 회귀적 삶이 너요, 나요, 우리들이다.

희망과 그리움이 있는 골목길을 걷는다는 것은 작은 기쁨이다. 요즈음 골목에는 그 옛날 골목의 맛을 돋우는 소리가 없다. 자치기, 구슬치기를 하면서 골목길을 달구었던 머슴아들의 왁자지껄

떠드는 소리, 고무줄을 돌리며 여자아이들이 부르던 노랫소리, 생선장수 아줌마의 목쉰 소리, 엿장수의 가위질 소리가 들리지 않는다.

골목길을 돌아나오면서, 흔적이 있고 따뜻한 사람의 체온이 숨쉬는 골목길이 사라지면 어쩌나 하는 서글픈 생각이 밀려들어 마음이 무겁다. 차가운 사이버 공간에서 미쳐 날뛰면서 메마른 세상에 지치다 보면 골목길 정서가 회복되리라는 희망을 가져 보지만, 지금 이 순간 괴로운 마음을 떨쳐낼 수 없다. 먼 훗날 골목길은 인간 본성을 찾는 오래된 미래가 될 것이라고 생각하는데 높다란 회색 아파트가 나의 상념을 사정없이 뭉개버린다. 언제쯤 인간의 교만심이 '진정한 미래는 오랜 옛 지혜 속에 있다.'는 진리를 받아들일까.

골목길은 만남으로, 열림으로 나를 이끈 삶의 발자국이다. 그 발자국은 인간의 다양한 삶을 표상한 것이리라. 인간이 만든 골목길이 자연이 되고, 침묵이 되고 문화가 되어 인간의 의미, 존재 이유가 되고 있다. 골목길에서 부대꼈던 친구들의 모습을 떠올림은 소통과 인연, 애욕의 미학으로 다가온다. 골목길이 없는 요즘 아이들에게 추억은 무엇으로 남을 것인가. 골목에서 서로 싸우면서 사이좋게 지냈던 친구들이 부쩍 그리운 요즈음이다.

골목길은 인생길이다. 이정표가 없는 자유의 길이다. 말본 밖에 말이 있듯이, 여유롭고 얽매임이 없는 골목길은 길 밖의 길이 된다. 전설 따라, 눈물과 기쁨 따라 너와 내가 오고 간다. 골목길을 지나온 사람들은 가난했으되 행복한 사람들이다. 인간의 진정한 복지는 국민총생산이 아닌 국민총행복임을 아는 소박한 사람들이다.

내가 버린 골목길의 파편들을 주워 모은다. 그 파편들 속에서 멈춰 있는 시간이 되고 싶다. 파편 속에는 기쁨이 있고, 위로와 성찰이 있다. 세상이 길을 만들고, 길 속에 사람이 있다. 사람 속에서 골목길이 노래 부른다.

쉬엄쉬엄 살아 가라고.

멋쩍은 한때, 나를 보다

부산지역 혁신 아카데미 회원
들과 산행하는 날이다. 허리디스크 때문에 동행하지 못하고, 인
사나 하고자 해운대 장산養山 입구 대천공원엘 들렀다. 그들을 배
웅하고 근처의 벤치에 궁상맞게 눌러앉았다.

긴 차양이 달린 모자를 쓰고 입이랑 코를 마스크로 가리고 가
는 복면의 여인네가 장갑 낀 손을 하나둘 크게 흔들며 걸어가는
모습이 눈에 띈다. 어디까지 가는지는 몰라도 넥타이 매고 구두
신고 정장 차림으로 담소하며 걸어가는 신사도 있다. 아기를 목
마 태운 남자 곁에 껌을 씹으면서 따라가는 젊은 아내, 왁자지껄
떠들면서 슬리퍼 끌고 가는 아가씨들과 가끔 대머리 아저씨도 지
나간다.

늙수그레한 영감 한 분이 내 옆에 와서 담배를 피운다. 덩달아

한 대 물고 주위를 살펴본다. 손뼉 치며 걷는 아줌마들 틈새로 튀밥을 먹는 꼬마아이는 얼굴이 튀밥이 되어 뒤뚱거리며 따라간다. 헤드폰을 둘러쓴 저 젊은이는 자연의 소리가 싫은가 보다. 노란 자켓을 입은 유치원생을 인솔하는 교사와 학부모들의 행렬이 길게 늘어선다. 아이들의 맑은 동공 속에 내 얼굴이 비치는 것 같다. 자연을 배우려는 아이들의 눈 속으로 내가 들어간다는 사실에 깜짝 놀란다. 맑지 않은 내 얼굴이 끼어들면 공해가 되지 않을까.

저쪽 호수 근처에서 아이들이 술래잡기 놀이를 하는 모습이 보인다. 어렸을 적 술래잡기에서 술래가 되었던 기억이 느린 동작 화면처럼 눈에 어른거린다. 술래가 된 나는 조금도 섭섭지 않았다. 오히려 기분이 좋았던 것 같다. 술래는 외롭지 않다. 소외감이 끼어들 틈이 없다. 설령 계속 술래가 되어도 화낼 줄 몰랐다. 내내 술래가 되지 않더라도 삐기지 않는다. 술래잡기는 내 마음에 지울 수 없는 그리움으로 남아 있다.

휘파람 소리 같은 괴성이 들리는가 싶더니 대여섯 명의 젊은이들이 무리지어 시끄럽게 지나간다. 뜻밖에 장산 너머로 한라산이 스멀스멀 다가선다. 한라산 중턱에서 삭정이 등짐을 부려 놓고 한 소년이 눈밭길을 내달린다. 눈이 신발 속으로 비집고 들어와도 개의치 않고 마구 뛰어다닌다. 넘어져도 겨울바람을 헤치며 또 달린다. 가난한 소년이 저만치 서 있다. 궁상스런 상념이 젊은이들의 꽁무니를 쫓아가는데 가만히 보니 내 몰골이 거기 있다.

미니스커트로 맵시를 낸 아가씨들이 지나간다. 팝콘을 입에 털어 넣으면서 무엇이 그렇게 우스운지 히죽댄다. 그 옆을 촌티가 절절히 배어 있는 중년의 말라깽이 남자가 걸어간다. 그런데 맨발로 당당하게 걷고 있다. 맨발로 걸으면 건강에 도움이 된다는 말이 생각난다. 어린아이가 과자봉지 들고 아장대며 비둘기 떼 사이를 헤집고 다닌다. 푸드득 날아가는 소리에 놀라 넘어지면서 앙증맞게 우는 모습을 할아버지와 할머니가 얼른 일으켜 세우며 껴안는다. 먼 발치에서 젊은 엄마, 아빠가 쳐다보며 웃고 있다. 삼대 가족의 아름다운 모습이다.

장산은 해운대 신시가지에서 가깝기도 하려니와 사시사철 넉넉한 개울물이 흐르고, 작지만 소담스런 폭포도 있어 사람들이 늘 붐비는 곳이다. 새해 아침 일출을 보거나 벚꽃구경, 단풍놀이에 몰려든 수많은 사람들에게는 해와 꽃과 단풍을 보는 즐거움이 있다. 공원을 산책하거나 산을 오르는 사람들은 퍽 자유스럽다. 자유라는 멋진 단어가 공원이나 산에서 자유롭게 출렁인다.

많은 사람들이 오고가는 앞모습과 뒷모습에서 나를 보기도 한다. 이런 물음은 우리는 무엇인가로 귀착된다. 이 거창하고 추상적인 물음에 대한 구체적이고 현실적인 출발점은 아마도 ‘나는 누구인가.’를 따져 보는 일일 것이다. 이 심오한 물음이 오늘은 가볍게 다가오면서도 끝내는 풀리지 않는다. ‘나는 누구인가.’ 하고 이리저리 자문해도 뚜렷한 해답이 나오지 않는다. 갑자기 무슨 사색가처럼 내 안에 있는 자아를 찾아간다. 스스로도 모르게 정치적·문화적 거미줄에 갇혀 지내면서도 갇혀 있음을 전혀 감지하지 못한다. 변방의 마이너리티에 속해 있다 하더라도 보수콤플렉스에서 벗어나야겠다는 생각을 한다. 획일적인 삶과 갇힘의 문맥을 깨고 새로운 자아를 찾아 나서는 자유정신의 노마드를 꿈꾼다. 그런 자유분방한 가운데 나를 놓아둘까도 싶다.

나를 스쳐간 많은 사람들의 필름에 나는 어떻게 담겼을까. 그런데 왜 나는 그들을 의식하는가. 사람구경을 하면서 나름대로 얻은 것이 하나 있다. 그것은 관념의 틀 속에서 허우적대는 나를 풍장시켰다는 것이다. 한 마리 작은 새가 되어 날아가는 존재를 본다. 장산 기슭을 끼고 날아가는 쓸쓸한 존재.

저만치 젊은이가 뛰어오면서 무슨 고함인가 질러댄다. 폭포사 스님의 주장자 치는 소리가 저 고함소리인지도 모른다. 무슨 스프링에 걸린 듯 먹쩍은 자리에서 일어났다.

신발에서 삶을 읽다

신발장 속엔 켜켜이 쌓인 세월의 냄새가 잔바람에 구르는 낙엽마냥 꼼지락거리고 있다. 복원될 수 없는 사랑이, 풋풋했던 세월의 감정이 밀폐된 공간에 촘촘히 배어 있다.

신발장 속의 신발들이 추억의 수다를 털어 놓는다. 포근한 햇빛 속으로 쏟아져 내리는 꽃비를 맞으며 걸었던 벚꽃길 이야기. 여름 태양을 둘러쓰고 기어이 산 정상에 올라 광안대교에 눈을 멈추던 일. 흙바람 속에 뒹구는 낙엽을 밟으며 단풍잎 같은 얼굴이 되던 일. 하얀 설원을 마구 헤집던 일들이 영사막처럼 스쳐 지나간다. 따스함을 잃어버린 신발들은 허전하고 시린 마음을 벗들과 얘기하며 이따금 추억을 반추하고 있다.

식구들의 애환 또한 신발장 속에 있다. 큰아이의 오래된 스키

부츠가 눈에 들어온다. 동물원의 펭귄이 두 눈 가득 남극을 담고 있듯, 용평 어딘가에 있는 스키장을 떠올리고 있는 듯하다. 그 옆에 아내의 뾰족구두가 보인다. 가파른 일상의 층계를 오르내리기가 벅찼는지 이젠 뾰족구두의 뾰족한 목소리가 들리지 않는다. 구석진 곳엔 우즈베키스탄의 모래 바람이 묻어있는 작은아이의 커다란 운동화가 벽에 기대어 있다. 중앙아시아의 샤머니즘 옹알이가 멀리할 수 없는 그리움이 되어 남아 있다. 저들이 걸어왔던 길은 생각하는 주파수가 다르듯이 제각각이다. 말없이 앉아 있는 신발들. 식구들이 걸어온 길, 살아온 날들에 대한 추억을 더듬으며 쉬고 있다. 저 신발들의 스펙트럼은 그리움의 길, 고난의 길 등 이런저런 추억의 길이 되어 남아 있다.

신발은 우리 삶의 이력이다. 이력서는 신발이 끌고 온 역사의 기록인 셈이다. 나는 어떤 이력을 쌓아 왔던가. 아집과 독선 속에 방황하지는 않았던가. 신발은 존재와 근원을 찾는 이력이 된다.

땅과 몸 사이에는 신발이 있다. 신발의 고무 밑창 하나가 인간이 돌아가야 할 대지의 경계가 된다. 신발을 신을 수 없을 때 땅속으로 돌아가는 게 인간의 숙명이다. 신발은 삶과 죽음의 중간자다. 나의 중간자는 온전한가. 신발 한 짝을 잃어버리고도 잃은 줄을 모르고 있는 것은 아닌가. 그리스 로마 신화는 잃어버린 신발 한 짝을 찾는 일이다. 나의 이력, 사회의 이력, 국가의 이력은 바로 신발이 내디딘 역사가 가늠한다.

나는 지금 현관문 앞에 벗어 놓은 내 구두, 랜드로바를 보고 있다. 바쁜 나날에 피곤한지 입을 크게 벌리고 벽 쪽에 아무렇게나 몸을 기대고 웅크려 있다. 저 구두도 제 할 일을 다 하고 나면 신발장 속으로 들어가겠지.

'이제 내 할 일은 다 했어. 쉴 때도 되었지.'

나이만큼 길게 몰아쉬는 구두의 숨소리가 신발장 속으로 들어가는 착각에 빠진다. 긴긴 호흡이 끝나고 스타카토로 끊기는 울음이 내 몸을 뚫고 지나가는 허상과 만난다.

산악지대에 사는 맨발의 원주민은 대지와 늘 직접 소통하고 있다. 얼마 전에 보았던 다큐멘터리 <아마존의 눈물> 그 속에 등장하는 아마존의 원시부족인 조에족은 하나같이 맨발이었다. 맨발의 그들은 땅과의 접촉을 몸으로 직접 하고 있는, 무엇 하나 부족함이 없는 행복한 얼굴들이다. 누가 이들에게 신발을 신게 하는 불경을 저지를 수 있겠는가. 맨발은 죽음이 아닌 행복이었다. 인생이란 작은 강을 건너 생명의 주인 앞에 서는 날, 모두가 맨발이라는 명제가 숨어 버린다.

산사의 댓돌 위에 놓인 스님의 하얀 고무신을 볼 때마다 어릴 적에 피라미를 잡던 검정 고무신이 하얀 빛으로 되살아난다. 온 천지를 싸돌아 다녔던 건강한 추억이 마음의 보물이 되고 까만 점이 되어 남아 있다.

나의 신발은 신발장에만 머물지 않는다. 오래된 몸짓의 언어로 말을 걸어온다. 세상살이, 가끔씩은 지난날을 생각하며 위장된 거짓을 걷어내고 쉬었다 가는 것이라고. 나와 타자는 영원히 하나가 될 수 없음을 깨달으라고.

　타자의 타자인 나. 누군가와 같이 있고 싶다면 그의 모든 것을 덮어 주라고. 멋진 악기 연주보다는 뜨거운 박수소리가 되어 보라고 속으로 타이른다.

주력酒歷 50년

초로의 남자가 비틀거리며 횡단
보도를 건너고 있다. 뒤따르던 아내가 내 옆구리를 살짝 찔러대
며 이마에 설기설기 주름살을 긋는다. 왜 그러냐고 했더니 비틀
거리는 저 사람이 나를 빼닮았단다. 아, 언제까지 아내의 같은
얘기가 반복되려나. 아내로부터 지겨운 얘기를 들을 때마다 나는
철썩거리는 파도를 외면하는 바위가 된다. 늙었나 보다. 술을 싫
어하는 아내에게 나는 언제나 술 취한 사람이다.

나의 주력酒歷은 꽤 오래되었다. 까까머리 고등학교 일학년 때
부터 나이 많은 친구가 몰래 내놓은 막걸리를 숨어서 자주 마셨
다. 4·19 데모대를 따라다니며 돌멩이를 던져댔던 시절이었으니
오십 년이 다 되었다. 아니 이보다 더 일찍 술에 대한 호기심으로
꽉 차 있었다. 어렸을 적 집 앞 포구나무 아래의 평상에서 동네

어른들이 술잔을 기울이는 것을 볼라치면 얼른 커서 술을 마시리라 마음먹었었다. 술심부름을 할 때마다 주전자 주둥이에 입을 대고 한 모금씩 마셨던 일은 지금도 짜릿한 감동으로 남아 있다. 아무래도 술에 대한 유전인자는 꼬마 시절부터 몸속에 흐르고 있었던 모양이다.

'술이 익었으니 마시러 오시오.'는 고려시대 문신 이규보의 맛깔스런 글귀이다. 조선 전기 대학자인 서거정徐居正은 '동방의 시호詩豪는 오직 규보 한 사람뿐'이라는 찬사를 보내기도 했다. 열다섯 살에 술에 일가를 이루고 술로써 퍼즐 조각을 맞추며 벗과 즐거움을 나누었으니 술의 즐거움은 나이와 무관한 일인 성싶다.

일찍이 주성酒聖으로 통하던 시인 조지훈은 술꾼들의 단수段數를 바둑처럼 18단계로 나누어 급을 매기기도 하였다. 전문적인 분류와 거리가 멀지만 우리나라 전통 주도酒道에서 보면 술 취하는 과정을 네 단계로 나누어 볼 수 있다.

그 첫째가 해구解口의 단계이다. 입이 열리고 마음이 열린다. 내 울타리에 갇혀 있던 하고 싶지 않은 말, 차마 쉽게 할 수 없는 말이 자연스럽게 열린다. 공감과 감정이입이 수시로 들락거린다. 그래서 술집은 치외법권 지대요, 술은 구원투수가 된다. 다음은 해색解色이다. 힘들지 않게 미운 것이 예뻐 보인다. 일상의 잣대로는 마음의 변화를 시도하기가 그렇게 어려웠던 일도 술 몇 잔이면 쉽게 이루어진다. 술의 묘미가 이런 데 있다. 블랙박스가 해체되어 오픈박스가 된다. 꽃으로 치면 만개 상태이다. 다음은 해원解怨

이다. 잠재해 있던 분통이나 원한이 한꺼번에 분출한다. 그러나 진정으로 마음의 해독이 풀리는 것은 아니다. 상대방을 헤아리지 않아 민망한 추태가 벌어지기도 한다. 보통 이 단계에서 술자리가 파장이 되는 경우가 많다. 마지막은 해망解妄이다. 한마디로 인사불성 상태이다. 사랑이 눈을 멀게 하듯, 몸과 마음이 마비되는 위험한 순간이다. 술 마시는 사람이 갑자기 술 속으로 사라진다. 난데없이 불 꺼진 극장에서 허우적대는 꼴이 된다.

나는 이 모든 단계를 거친 적이 많아 조지훈의 급수로는 그 값을 매기기가 어렵겠으나 가장 낮은 단수가 될 것이다. 급수는 최하위지만 내가 좋아하는 술꾼들은 많다. 이규보, 황진이, 변영로, 조지훈, 임꺽정, 흥선대원군, 김삿갓, 천상병 등 헤아리기가 어려울 정도이다. 물론 이백, 두보, 보들레르, 예이츠 등도 나를 기쁘게 하는 술꾼들이다.

술을 가까이하면서 지금까지 살아왔다. 산이 있어 산을 타는 산꾼처럼 술이 있어 술을 마구 마셨다. 술이 좋아서 마시고, 사람이 그리워서 마시기도 했다. 기쁨이나 슬픔을 함께 나누기 위해서도 마셨다. 나름대로 그럴싸한 핑계와 이유로 끊임없이 술자리를 만들어 분위기의 파도를 타고 흥겨워했다. 무기력과 비겁함을 술에 의존하여 은폐해 온 나는 진정한 술꾼은 아니다. 잘못된 애주가일 뿐이다.

옛날의 주막은 인간의 애환이 짙게 묻혀 있는 낭만적인 공간이었다. 길 떠난 나그네나 장돌뱅이 행상이 머물다 가는 쉼터였다.

마을의 젊은이들이 사회에 눈을 뜨기 시작하는 일종의 사교장이기도 했다.

오늘날의 술집에서는 서민들의 피로한 체온과 넋두리가 촘촘히 배어 나온다. 술꾼들과 취정에 젖어 있노라면 이곳저곳에서 취담이 높은 파도가 되어 출렁인다. 취기가 무르익으면 가슴에 맺힌 헝클어진 실타래를 풀듯 열변가가 하나둘 생겨난다. 이백의 시경, 보들레르의 풍류를 읊다가 어쭙잖게 사랑을 갈구하는 시인이 되기도 하고, 실존의 불안에 방황하는 철학자가 되기도 한다. 문명의 허식을 꼬집다가 끝내는 현실 정치를 비판하며 나름의 정치철학을 주저없이 내세운다. 술집은 파리의 허물어진 지하실 카페가 되기도 하고 위장된 시대 담론을 부정하는 레지스탕스가 모여드는 기항지가 되기도 한다. 술꾼들은 자신이 고립된 존재가 아님을 토해낸다. 어느새 삶의 순수한 본능을 위하여 위무의 술잔을 높이 든다.

술은 삶의 진부한 현실에 대항하는 영감과 힘의 원천이 된다. 술자리는 과장된 친밀감, 의기투합, 속내를 거침없이 털어내는 의전의 자리요, 자기도취의 장소이다. 불투명했던 것들이 취기를 타고 자명해지고, 혼란스러웠던 것들이 질서를 되찾는다. 환각의 그림이 출렁이기 시작하면 고향의 방언이 쏟아진다. 이성의 통제라는 빗장이 풀리기 시작하면 너도나도 잘못된 길로 들어선 신神이 되고, 실수하는 부처가 된다. 변신의 귀재가 되면서 카오스적 신비를 맛보기도 한다.

해거름이 시작되면 술세상이 나를 부른다. 마음은 벌써 남포동 곰장어 골목길을 지나고 있다. 연탄 화덕 열아홉 구멍의 연초록 불꽃 속에서 꼼지락대는 곰장어 맛이 그리워 내 마음도 꿈틀거린다. 퇴근 후 한잔 술을 띄우는 정겨운 광경은 시인들의 호방한 시 구절보다 훨씬 낭만적이다. 엉뚱한 곳에서 술을 마신 동료가 '교장이 마시자는데 어찌 안 마실 수 있겠느냐.'며 핑계를 댄다. 이런 얘기가 고스란히 아내에게 전해지고 그때마다 엄청난 곤욕을 치르지만 그들이 밉지만은 않다.

술판이 끝난 귀갓길에 아내가 좋아하는 군밤 한 봉지를 산다. 군밤 봉지의 따뜻한 촉감이 아내의 숨결이 된다. 군밤 봉지 건네며, '오늘은 달도 참 밝다.'며 너스레를 떤다. 반복되는 나의 수법에 아내의 표정은 그냥 무채색이다. 아내의 얼굴에서 주피터 신에게 술을 따르는, 청춘과 봄의 여신인 헤베 여신을 보는 착각에 빠진다.

술꾼의 일상, 참새가 둥우리를 찾는 일이다.

흔적

"아빠 얼굴은 꼭 밀감 껍데기 같아요."

내 얼굴에 한없이 퍼져 있던 큼지막한 여드름 자국을 보고 큰 아이가 심심찮게 내뱉었던 얘기다. 네 얼굴은 영락없는 아빠 얼굴이라고 하면, 내가 그리도 못났느냐며 울먹거리곤 했다. 그런 아이가 어른이 된 지금은 아무 말도 없는 걸 보니, 얼굴은 삶의 흔적으로 쌓여 가는 나이테임을 깨달은 듯하다.

내 사진첩에는 버리지 못하는 오래된 흑백사진 한 장이 끼여 있다. 1960년대 초, 경북 산골학교에서의 추억이 담겨 있는 사진 이다. 내 젊은 혈기를 뛰어넘는 굉장한 개구쟁이가 있었는데 매를 많이도 댔고, 종류도 다양했다. 하루는 그 아이의 아버지랑 술잔을 기울이고 있었는데 아이가 여태 집에 오지 않았다고 어머니가 걱정하는 게 아닌가. 아차 싶었다. 아이의 아버지와 함께 학교 운동장 모퉁이에 있는 함석 창고에 갔더니 그 아이는 깍지 낀 두 손을 들고 벽에 기우뚱 기댄 채 자고 있었다. 오후 수업을 네 시께 마쳤으니 두 시간은 넘게 벌을 선 셈이었다. 지금도 그 때 생각을 하면 수치심으로 한없이 괴롭다. 사랑의 매에는 사랑이 없다고 판단하게 된 것은 잘잘못을 떠나 사십여 년의 세월의 가르침 때문이다. 개구쟁이 그 아이, 이제 지천명의 나이일 텐데 아직도 벌을 서고 있는 것 같다. 그 때의 끼가 그냥 남아 있을지도 모르는 그 아이 앞에서 벌을 서고 싶다. 벌을 서도 마땅하다는 이상한 충격에 이따금 시달린다.

산책을 하다 보면 정해진 코스 너머에 대한 호기심으로 숲 속 길을 걷다가 두 갈래 길을 만나는 경우가 있다. 한쪽은 키 작은 나무와 풀이 나 있는 내리막길이고, 다른 쪽은 키 큰 나무와 무성한 풀 숲이 있는 오르막길이다. 사람들이 다니지 않았음직한 무성한 풀 숲으로 들어간다. 풀 숲을 지나며 길을 만든다는 치기에 눈에 거슬리는 나뭇가지를 꺾는다. 갑자기 하늘이 넓게 터진다. 나뭇가지가 만들어 놓은 길이 사라져 버렸다는 생각이 들어 뒤돌아 보니 아름다운 풀 숲뿐이다. 내가 만든 길도, 나뭇가지의 길도 보이지 않는다. 하나의 길이 사라지고, 길이 있었음을 보이지 않는 흔적으로 남겨 놓고 있음을 깨닫는다. 길 없는 길이 숙명처럼 보인다. 지나간 길과 지나가지 않은 길, 길 있는 길과 길 없는 길, 그 누구도 두 길을 함께 갈 수는 없다. 한번 들어가면 결코 되돌아올 수 없는 시간의 흔적이 길이 되어 말없이 남아 있을 뿐이다.

스마트폰이라는 기계와 대화하는 아이들이 사방에 흔하다. 연애편지도 숨가쁘게 찍고 있을 것이라는 생각이 든다. '얘들아, 적어도 사랑을 전하는 메시지만큼은 손가락 마디마디에 힘을 주어 쓰는 게 아름다울 거야.' 점잖게 타일러주고 싶지만 그들의 세태에 내 모습이 속절없이 밀감 껍질이 되고 만다.

기계에는 체온이 없다. 그래서 차갑다. 기계가 뺏어버린 사람과의 대화, 체온이 없는 편지엔 사랑이 없다. 차가운 마음을 날리며 시시덕거리는 저 아이들. 먼 훗날 기계의 흔적에서 기계가 된 자신을 발견하곤 어떤 생각을 할까.

지인과 함께 카페에서 이야기하면서 그가 직접 볼 수 없는 그의 얼굴, 눈, 뒷모습을 본다. 그도 나의 얼굴, 뒷모습을 보고 있을 것이다. 죽을 때까지 직접 볼 수 없는 것들이 있다. 자신의 얼굴과 뒷모습이다. 거울에 비친 얼굴이나 뒷모습은 항상 좌우가 바뀐, 불완전한 모습일 수밖에 없다. 불현듯 내 아이들의 모습에서 아이의 아버지인 내 흔적이 강물처럼 흐르고 있다는 생각에 미친다.

흔적의 더께가 사람을 만들고 있다는 상념에 젖는다. 민들레 홀씨가 노래되어 바람결을 헤집듯이, 나도 어디론가 훨훨 날아가는 덧없는 착각에 빠지곤 한다.

강江에게 말을 걸다

시간

극락암에서 만난 마음의 빗장

소수서원 뜨락을 거닐다

강江에게 말을 걸다

호수

가을풍경

벽화

주름살 감상법

섬진강

갈대

연리지

■ 프루스트 Proust 현상과 수필

시 간

프루스트Proust 현상이란 말이 있다. 냄새에 자극받아 기억을 떠올리는 일을 일컫는 말이다. 프루스트의 ≪잃어버린 시간을 찾아서≫에서 주인공은 성인이 되어 살아가던 어느 날 마들렌이라는 과자를 차에 담가서 먹는 순간 맛과 냄새가 계기가 되어 기쁨으로 넘쳐남을 느끼게 된다. 한 잔의 차에서 어린 시절 마술의 세계가 펼쳐진다.

인간은 누구나 여러 가지 경험을 쌓으면서 시간의 흐름과 망각이라는 그 잔인한 파괴 작용을 느끼게 되고 그 파괴력 앞에서 점점 무기력해진다. 프루스트는 어린 시절을 기억해 내는 글쓰기를 통해서 이 파괴력과 대결할 수 있는 것은 기억력이라고 제시하고 있는 것이다. 프루스트에게 실재는 기억 속에서만 존재한다. 이와 같이 프루스트는 인간에게 '무의식의 기억'이라는 새 분야를 열어 놓은 것이다.

아침저녁으로 쌀쌀한 요즘 같은 날은 광복동 ESS 일어학원 골목길 좌판을 찾곤 한다. 푸짐한 고등어구이를 안주 삼아 소주잔을 기울이던 젊은 시절이 그립기 때문이다. 가끔 서울에 가게 되면 생선구이 냄새가 굽이치는 종로구 피맛골 골목을 기웃거린다. 어렸을 적 어머니가 고봉밥, 청국장에 빠뜨리지 않고 내놓던 구운 전갱이 냄새가 겹쳐진다. 어머니 냄새에 갇힌 기억은 아름다운 추억의 향수로 남아 있다. 이는 잃어버린 시간에 대한 막연한 그리움이 아니다. 숙명적 그리움이기에 저 세상에 가서도 어머니를 만나 전갱이를 구워달라고 조를 참이다.

시간은 기억을 만들고 기억은 사람을 만든다. 시간은 유기체든 무기체든 가릴 것 없이 변화시키는 묘력妙力을 지녔다. 시간은 인생 그 자체라는 화두를 던져본다. 시간을 낭비하는 것은 인생을 낭비하는 것이고, 시간을 파괴하는 사람은 인생을 파괴하는 사람이다. 시간을 부정하는 것은 인생을 부정하는 것이고, 시간을 인식하지 못하는 사람은 삶 자체를 인식하지 못하는 사람이다. 시간을 사랑하는 것은 인생을 사랑하는 것이다. 인생은 시간의 집합이며 연속이다. 늘 시간에 쫓기면서 살아온 나는 후회하는 사람이 되었다. 시간의 그림자가 되었다. 앞으로도 '바쁘다', '시간이 없다'고 비명을 지르는 그림자가 될 것 같아 서글프다.

시간은 시대에 따라 그 개념을 달리하고 있다. 농경사회에서는 '때를 기다린다.', '때를 놓치지 않는다.'가 보여주듯, 시간을 '때'라는 개념으로 삼아 생활해 왔다. 현대 사회에서는 시간 창조의 기술이라는 그럴싸한 속임수로 시時테크라는 말을 사용한다. 어느 대기업 계열사에서는 '시간은 돈'이라는 캐치프레이즈를 내세우며 초秒 관리운동을 펼쳐 생산성을 높이고 있다 한다. 커피 한 잔 마시는 데 천 팔백 원, 전화 한 통화에 5백 40원 등 시간을 초로 환산하여 사람들을 닦달하고 있다. 연봉도 1초에 간부 3원, 일반 사원 2원으로 계산하여 초 단위 생활을 강조하고 있다. 하기야 시간에 묶이는 것은 많다. 돈만이 아니다. 삶도, 죽음도, 나이도 묶여 있고 사랑도 묶여 있다. 시간을 낼 줄 알아야 인생을 의미 있게 살 수 있다는 평범한 명제가 내 마음을 흔들고 있다. 지금 시간을 내야 할 것은 사람만이 아니다. 이 세상 모든 것이다. 시간을 감추거나, 시간에 묶이다 보면 시간은 저 멀리 달아날 뿐이다.

시간이 지나면 나이가 든다. 나이가 많으면 늙었다고 한다. 어느 지인이 나이가 들면 들수록 죄를 쌓게 된다면서 종교를 가지라고 치근댄다. 나이와 죄업이 등식 같다는 생각을 하면서도 괜히 심사가 꼬인다. 나이 먹는 것도 억울한데 죄업까지 뒤집어씌우느냐고 항변한다. 참으로 두려운 게 시간이라는 생각에 미친다.

사람들은 시간에 대한 이야기를 만들어 내길 좋아한다. 네덜란드 심리학자인 드라이스마 교수는 《나이 들수록 왜 시간은 빨리 흐르는가》라는 책에서 나이를 먹을수록 생리적 시계는 객관적인 시간인 시계 시간보다 점점 뒤처져 하루가 무서울 정도로 짧게 느껴진다고 얘기하고 있다. 시간의 길이와 속도는 기억 속에서 만들어진다는 얘기겠다. 시간 속의 사람은 시간일 뿐, 시간이라는 밧줄을 타고 어디론가 떠나는 방랑자일 뿐이라는 엉뚱한 생각이 든다. 시간은 죽지 않는다. 사람과 자연은 시간이 없고서는 존재이유를 잃게 되고, 견딜 수가 없게 된다. 오늘도 신화를 수정하거나 우화를 다듬기도 하면서 시간을 먹고, 가둘 수 없는 시간의 창문을 열어 시간과 함께 시간을 직조하면서 시간이 될 수밖에 없다.

시간은 아무런 질문도 하지 않는다. 인간이 묻는 질문에 대답도 하지 않는다. 시간은 그렇게 오래전부터 흐르고 있을 뿐이다. 시간에 대한 상념은 끝간 데를 모른다. 시간 속에 사랑이 태어나고, 미움이 사라진다. 시간은 지극히 태연한 순색의 점, 점들이다. 인간의 무지도, 권력의 오류도 한 꺼풀씩 벗겨 내는 지극히 완고한 하나의 진리이다. 떠도는 자, 머무는 자, 하나같이 잠재우곤 표정이 없는 하나의 역사이다. 오늘도 흐르는 시간 속에 열심히 바둥대며 정지된 나, 나를 본다. 나이가 들수록 '상실'이란 단어가 나를 옭아맨다.

프랑스 시인 '아폴리네르'는 신神의 그림자인 이 세계를 사는 사람에게 드리워진 시간의 흔적을 '미라보 다리'라는 시에 담아냈다. 시인이 사랑한 '마리'를 그리며 흘러가는 강물을 응시하는 풍경이 눈에 보이는 듯하다. 시인의 속삭임이 부드럽게 입술에 매달린다.

미라보 다리에 센 강이 흐르고/ 우리의 사랑도 흐르는데/ 나는 기억해야 하는가/ 기쁨은 늘 괴로움 뒤에 온다는 것을// 밤이 오고 종은 울리고/ 세월은 가고 나는 남아 있네

시간이여 난 어쩌면 좋을꼬. 시간의 신 크로노스가 부여한 순리와 굴곡을 따라 살아가기엔 남은 기간이 너무 촉박하다. 아릿 아릿 눈에 밟히는 대자연의 모든 것들을 나의 눈으로 나의 귀로 나의 입으로 나의 코로 나의 살갗으로 모두 담아내기에는 시간이 너무 짧구나. 그저 시인 이상의 말마따나 '빛보다 빠르게 미래로 달아나서, 시계를 내동댕이쳐 버리고' 싶을 뿐이다. 크로노스여, 우주의 섭리여, 작은 인간의 염치없는 욕심을 용서하시라!

극락암에서 만난 마음의 빗장

여름방학이면 가끔 어디론가 훌쩍 떠나고 싶은 도피 증세가 도지곤 한다. 책도 실컷 보고, 담배도 끊을 겸 해서 서너 번 절간을 찾은 경험이 있다. 올해도 작년에 갔었던 경남 양산 통도사 극락암을 택했다. 절간일을 맡고 있는 원주스님인 동선東仙스님이 고향 후배라 친하게 지낼 수 있어 한결 마음이 편하다. 그보다는 통도사가 낳은 대선사이신 경봉鏡峰 큰스님이 30년간 머무셨던 곳이고, 큰스님의 상좌였으며 큰스님의 산 역사요, 현재 극락선원 원장이신 명정明正 스님이 계신 곳이기도 하다.

짧은 8일 동안 먹고 자고 책도 보면서 자연을 벗하는 그런 생활이었다. 뚜렷한 목적도 없이 찾아간 터라 내 자신이 별로 나아질 수도 없었을 것이고, 나아질 기미도 전혀 없는 생활일 수밖에 없었으나 '밋밋함 속의 여유로움'을 찾는 생활이었다고 표현하면 될는지 모르겠다.

산사山寺는 소리로 시작된다. 새벽 3시 목탁 소리를 시작으로 아침 6시, 11시, 오후 5시 공양시간을 알리는 소리, 징그런 들고양이 울음소리를 비롯하여 뻐꾸기, 까치, 까마귀, 올빼미, 딱따구리와 온갖 새소리에 장단이라도 맞추듯 대숲 이파리가 부딪치는 소리며 소나무 가지 흔들리는 소리도. 간혹 듣기 거북한 산짐승 울음소리는 달빛의 고요를 깨트리기도 했다. 이런저런 소리를 듣는 사이 날이 밝으면서 절간 마당이 부스럭거리기 시작한다. 기다란 나무 홈통을 지나 연못으로 흘러 들어가는 도랑물 소리가 잡다한 소리들을 잠재운다.

천년 소나무 숲 속에서는 온갖 미물이 살아 있음을 본다. 기는 놈, 나는 놈, 짝짓기하는 놈……. 다툼 아닌 자연이 살아가는 소리이다. 둥치 큰 소나무 그루터기에 앉아 상념에 젖는다. '누군가에 구속됨은, 고독함을 이겨내지 못하는 중생임을 밝히는 일이다. 가슴속에 오래 묻어 둘 벗 있는가. 내 목소리 색깔 알아보고 와락 달겨들 이 있는가. 안다는 것과 깨달음의 차이는 아픔의 존재 여부에 의해 가늠된다. 빈손으로 간다. 그래서 수의에는 주머니가 없다던가.' 무슨 까닭인지 몸과 마음이 자유롭지 못함을 느낀다. 진정한 자유는 고통 속에서, 묶임 속에서 얻을 수 있는가 보다.

버리거라, 버리거라, 욕심 하나 버리면 집안이 극락이요, 이 세상이 극락이다. 사기꾼한테 사기를 당한 사람은 사기당한 그 자체만으로라도 사기꾼이 된 셈이다. 일확천금을 벌겠다는 마음을 가졌으면 그 생각 자체가 불량한 생각이요, 불량한 생각을 가졌다면 그게 사기꾼 아닌가. 경봉 큰스님의 말씀이 몸과 마음을 찌른다.

동료들과 심심풀이로 벌이는 고스톱에서 돈을 잃고 나면 괜스레 찜찜하다. 그래서 일주일에 한 번 로또 복권을 산다. 로또 복권에선 찜찜한 마음은 없고 일주일 내내 허황된 꿈속에서 즐겁기까지 하다. 그리고 보니 난 가면을 쓴 영락없는 위선자다.

밤 8시가 되기 시작하니 온 절간이 깜깜천지다. 해발 800m의 영축산이 온통 새까맣다. 원주스님과 약속한 머묾의 끝날이 어서 왔으면 싶다. 되는 게 없다. 변해 보려고 마음먹은 것 자체가 허영이었음인가. 사람들이 미워서, 당분간이나마 혼자 있고 싶어서 왔는데, 며칠간의 절간 생활에 지쳤는지 짜증스럽고, 지겹다. 철 들긴 이미 틀린 일이다.

경봉 큰스님은 1982년 세수 아흔하나, 법납 75년으로 열반하셨다.

경봉 큰스님이 열반하시기 전에 제자 명정을 가만히 불렀다.

"명정아!"

제자를 부르는 경봉스님의 목소리에 힘이 없는 게 심상치가 않았다.

"스님! 어디 편찮으십니까?"

명정은 스님의 손을 잡고 울먹이며 말했다.

"스님 가시면 보고 싶어서 어쩌란 말씀이십니까. 어떤 것이 스님의 참모습이십니까?"

"허허허허. 내 참모습이 보고 싶으면……."

"예, 스님."

"야반 삼경에 대문 빗장을 만져보거라."

절간에 머문 지 여드레 되던 날 아침 명정스님께 하직 인사를 하면서 '야반 삼경에 대문 빗장을 만져보거라.'는 무슨 뜻인가 물었다.

"큰스님의 이 말씀을 설명하려면 3일은 걸립니다. 오늘 떠나시는가 본데, 건강하십시오."

"예, 스님."

'야반 삼경에 대문 빗장을 만져 보거라.' 영원히 무거운 미망이 될 것만 같은 이 한 마디를 몇 번이고 중얼거렸다.

산사 밖을 나서니 매미 소리가 갑자기 적막을 깨뜨리고 있다. 산사 경내에서는 매미 소리를 듣지 못했다니 이상한 일이라고 생각하면서 극락암자를 향해 합장한다. 노스님이 머물고 간 그 자리에 시공과 언어를 초월한 풍경이 산사의 모든 소리를 합일하면서 청명한 감성으로 다독이고 있다.

내가 밟았던 무명無明의 길이 말을 걸어온다. 그 말 속에 야반 삼경에 만지는 대문 빗장이 있는지 모른다. 때묻은 마음속에 침잠해 있는 불이문不二門은 너무나 아득하고 깊어 그 경지를 헤아릴 수 없다. 다만 어느 무명의 길에 있을 빗장을 마음으로 만지며

털레털레 산을 내려오고 있었다. 산사의 목탁 소리도 쉼없이 따
라오고 있었다.

소수서원紹修書院 뜨락을 거닐다

소수서원 선비촌을 찾아 관광 버스에서 쏟아져 나오는 사람들.

회색도시 속 아파트 문화에 길들여진 천민 자본주의의 무리들이 고즈넉했을 뜨락을 뭉텅뭉텅 떼를 지어 어지럽힌다.

500년 묵은 은행나무 가지 사이로 유생들의 꼿꼿한 모습이 바람결이 되어 지나간다. 그 바람결을 따라 슬그머니 동행한다. 유생들의 선비 정신을 복제하여 나의 꾀죄죄한 성깔을 숨겨 보지만 그들은 말없이 우뚝 서 있다. 기차가 터널 속을 들어갔다 나오듯 그렇게 배회하는 내가 마냥 부끄럽다.

소수서원은 16세기 중반1543 풍기군수 주세붕이 처음으로 성리학을 들여온 고려말 학자 안향安珦을 배향하고 유생을 가르치기 위해 창건한 백운동서원이 그 뿌리다. 이렇게 시작한 서원은 17

~18세기에 이르러서는 유생들이 학문을 연마하는 신성한 교육 기관에서 벗어나 혈연, 지연, 학연 등의 명예를 드러내기 위한 곳으로 전락하여 우후죽순으로 세워진다. 이렇게 서원이 많이 설립(전국 340개소)된 주요 원인은 바로 정략적인 당쟁 때문이다. 이런 폐단을 없애고자 대원군 섭정 때에는 학문과 충절이 뛰어난 인물이 있는 소수서원 등 전국 47개소의 서원만 남겨 놓고 없애 버리게 된다.

소수서원을 둘러보며 잠시 상념에 젖어 역사를 보는 눈을 틔워 본다. 역사를 외면하면 미래를 볼 수 없다. 과거의 이해는 현재의 안목에서 보아야 한다. 이는 과거에 대한 해석이 늘 새로워야 함을 일깨운다. 서원이 붕당과 당쟁을 유발했다는 정치적 폐단에만 우리의 의식이 함몰되어 서원의 참 의미를 망각해 왔음에 대한 반성이 필요하다. 과거에 펼쳐진 상황이 성공이든 실패든 오늘의 우리 상황과는 어떻게 다른가를 찾아내야 한다. 소수서원은 유생들에게 학덕을 겸비케 하는 민족 교육의 산실이었으며, 정치적·사회적·교육적 기반이 되었는데, 이는 인문학의 고고한 정신이 그 바탕인 것이다. 인문학 위기, 사회의 위기를 헤쳐 볼 어떤 접점이 보이는 듯하다. 쪼가리 내는 분석적 지식이 아니라 통섭의 인문학을 바탕으로 한 종합적 지혜가 소수서원 곳곳에 스며 있다.

죽계천의 돌출된 바위에 퇴계가 각자刻字한 '백운동白雲洞' 글씨와 주세붕이 각자한 '경敬'자가 몇 백 년을 뒤로하고 아직도 선명히 남아 있다. 우우 몰려다니는 사람들 앞에서 무표정한 문화해

설사의 피곤한 톤으로 행해지는 이야기를 귀동냥해 듣는다. 특히 선비들의 수양글의 핵심 지침인 '敬'자가 빨간색인 까닭에 대한 일화는 그 의미를 더욱 신비롭게 한다.

'단종 복원 실패로 희생된 원혼들이 1세기 가까이 죽계천변에서 울고 있다는 소식을 들은 당시 풍기군수 주세붕이 이 억울한 넋을 달래기 위해 '敬'자 위에 붉은 칠을 하고 위령제를 지냈더니 그 후로 울음소리가 그쳤다.'

문화해설사의 애기 속에 끄덕끄덕 빠져들다 보니 나도 몇 백 년 묵은 노송군락, 낙동강 원류인 죽계竹溪가 서원을 감싸도는 가운데를 거니는 것 같다. 망중한을 즐기려는 유생들이 죽계천 정자로 모여 들어 한담을 나누는 모습이 스멀거린다.

인재 배출의 요람이었던 소수서원을 거니는 동안 소수박물관에 내걸린 연비어약鳶飛魚躍 글귀가 내내 공명현상을 일으키고 있다. '새는 하늘에서 날아야 하고, 물고기는 물에서 놀아야 한다.'는 자연의 이치를 새기고 있다. 올바른 인재 등용이 정도에 맞는 세상을 만드는 법이란 얘기겠다. 역대 정부의 빗나간 인사행정, 현정부의 낯뜨거운 인사청문회……. 몇 백 년 전 소수서원의 걸출한 선비 모습이 온몸에 꽂히고 있다.

20년 후 오늘을 옹알거려 본다.
'세월이 변했고, 나도 변했다.'
'늦가을 쌀쌀한 바람, 소수서원은 그대로구나.'

강江에게 말을 걸다

오랜만에 낙동강 끝자락인 을숙도를 찾았다.

아파트에서 내려다보는 도심 속 수영강과는 달리 탁 트인 낙동강에선 유유한 생명의 흐름을 확인할 수 있었다. 강바람 소리, 강 노래, 강 이야기, 뻘겋게 달아오른 큼지막한 낙조의 모습이 가슴팍을 채운다.

낙동강은 내 짝사랑의 대상이다. 오래 버텨 낸 감성을 쏟아내는 은둔의 장소이기도 하고, 젊은 날 방황하던 꿈들을 삭혀 주던 안식처이기도 하다. 상큼한 강바람과 함께 이런저런 생각들이 길게 뻗은 강어귀 따라 포개져 온다.

흐르는 강물을 보면서 변화를 배운다. '동일한 강물에 몸을 두 번 담글 수 없다. 내 발, 내 몸을 스친 강물은 이미 흘러갔기 때문이다.' 고대 철학자 헤라클레이토스의 말이다. 흐르는 것은 강물만이 아니다. 그것을 바라보는 인간도 시간과 더불어 흘러가고 있다. 인간도 하나의 강물인 것이다. 과거와 지금 그리고 미래는 시간의 흐름 속에서 하나의 강물이 된다.

많은 사람들이 변화에 실패하는 가장 큰 이유는 자신이 흐르는 강물이라는 것을 인식하지 못하기 때문이다. 그냥 어제의 그늘에 갇혀 안주하고 있다. 그건 '모난 돌이 정 맞는다.'는 싸구려 처세술이나, '가만히 있으면 중간은 간다.'는 복지부동에 유착되어 있기 때문이다.

인간은 강물인데 변하지 않고 어찌 흐를 수 있겠는가. 변화는 항상 있어 왔고, 앞으로도 계속된다. 변하지 않는 것은 이 세상 모든 만물이 변한다는 사실뿐이다. 시간이 흐르고, 강물이 흐른다. 인간의 욕망도 흐른다.

저 강물 속엔 산수화 그림책이 바람결 따라 열렸다 닫혔다 한다. 서걱대는 갈꽃 냄새, 철새들의 군무, 바위산, 소나무가 짝을 바꾸어 가며 실루엣 그림이 되어 한 겹씩 한 겹씩 도열하고 있다. 광활한 정적감 속에서 낚싯배 한 척이 강의 여유와 만나면서 산수화를 또 한 장 만들어 낸다.

저 멀리 강어귀에선 구름과 바위와 강물이 질세라 놓칠세라 서로 밀어내고, 서로 스며들면서 하나의 리듬을 이룬다. 때로는 서로 뒤엉켜 노닐다가, 행군하면서 서로를 닮아가고 있다. 때로는 강물 혼자서 비움과 고요함으로 여백을 만들기도 하고, 바람을 불러 들여 우주를 낚아채고 출렁대기도 한다. 끝내는 하늘과 뒤섞여 버린다. 그리고는 적막에 휩싸인다.

이 적막은 고립이 아니다. 얽매이기 싫은 자유정신이다. 정중동靜中動, 멈춤 속의 끝없는 용틀임이다. 수면 아래에 큰 뜻을 숨겨 두고 무無의 이미지를 만들고 있다. 없음은 자유로운 정신이 넘치기 직전, 절정 그 자체다. 아집이 아닌 자유가 천지와 교감할 수 있음을 강은 익히 학습해 온 터이다.

강물은 죽비 같은 사색을 불러낸다. 사색이 괜찮다고 추근댄다.

강은 삶과 죽음을 가로지른다. 이승과 저승, 삶과 죽음, 산 자와 죽은 자를 격리하기도 하고, 연결하기도 한다. 웰빙은 삶을 긍정적으로 충만하게 사는 것이다. 그런데 웰빙의 종착점은 웰다잉이다. 웰다잉은 성숙하게 인격을 완성하는 끝마무리다. 죽음의 질은 곧 삶의 질이다. 죽음에서 삶의 길을 찾으라고 강물이 기도한다. 강물의 마디마디 속엔 웰빙과 웰다잉이 무늬가 되어 박혀 있다.

강과 함께 실루엣이 되어 타임머신을 타고 시간여행을 한다. 여행의 끝자락, 조용한 은유로 나래를 접는다.

'강물도 흘렀다. 나도 흘렀다. 모든 것 부려 놓고.

바다를 품으니 없더라. 아무것도 없더라.

너도, 나도. 무소유, 자유만 있더라.'

호 수

대천 호수가 석양에 수줍은 듯 홍조를 띠고 있다. 바람이 내려앉아 하늘빛 연지를 찍는 모양이다. 호숫가에 띄엄띄엄 앉아 있는 시비詩碑의 시어詩語들이 튀어나와 호수와 얘기하고 있다. 바람이 건듯 부니 조지훈의 <승무>가 펼쳐진다. "얇은 사 하이얀 고깔은 고이 접어서 나빌레라."

잔물결이 이는 호수 위 구름다리를 건너는 등산객들의 울긋불긋한 옷차림이 또 다른 노을빛이 되고 있다. 호수 속엔 꿈꾸는 돌들이 꿈의 이미지처럼 숨어 있다. 산기슭에서 내려온 소나무 큰 가지가 하늘로 치솟지 못하고 호수 위에 턱을 괴고 있다. 호수는 사람, 돌, 나무, 구름과 별을 담는 빈 공간, 빛의 공간, 침묵의 공간이란 커다란 그릇이 되고 있다. 세상의 모든 꿈을 침묵으로 끌어안고 솔바람에 날아온 가랑잎에 파르르 동심원을 그린다.

호수를 보면서 색즉시공을 깨우치고, 침묵을 떠올려 알 듯 모를 듯 무위자연을 배운다. 호수는 나에게 빈 그릇이 되어 시를 읊고, 춤도 추고, 그림도 그리면서 신명나는 삶을 살라 한다. 그리움이 밀려들어 조용히 눈을 감으니 호수도 눈을 감는다. 왠지 깊은 고독감에 떠밀려 호수를 붙들고 뒤척인다. 벅차오르던 숨결로 눈 맞추던 아득한 사랑이 호수에 젖은 하늘 가득 잠겨 있다. 사랑 때문에 혼미한 적이 있느냐며 자문하다가 입을 다물어 버린다. 호수의 고요는 드러나지 않는 깊은 침묵으로 나를 감싸고 있다.

대천 호수 저 멀리로 160여 년 전 소로우가 벗 삼았던 월든 호수가 나에게로 걸어오는 듯한 착각에 빠진다. 월든 호숫가에 통나무집을 짓고, 참새가 지저귈 때마다 키득키득 웃었다는 소로우가 살아있는 전설로 다가온다. '월든 호수가 외롭지 않듯이 나도 외롭지 않다. 태양도 하느님도 혼자'라면서 소로우가 웃고 있는 모습이 보이는 듯하다. '시 한 줄을 장식하는 것이 나의 꿈은 아니다. 내가 월든 호숫가에 사는 것보다 신과 천국에 더 가까이 갈 수는 없다. 나는 나의 호수의 돌깔린 가슴이며 그 위를 스쳐가는 산들바람이다. 내 손바닥에는 호수의 물과 모래가 담겨 있으며, 호수의 가장 깊은 곳은 생각 드높은 곳에 떠 있다.' 그의 호수 같은 마음은 그가 살았던 통나무집에 지금도 오롯이 남아 있을 것이다.

호숫가 공터에서 한 무리의 아이들이 놀며 떠드는 소리가 들린다. 갑자기 몇 년 전 보았던 동남아시아에서 가장 큰 캄보디아

톤레삽 호수의 사람들의 모습이 나를 붙들고 있다. 커다란 호수 속에 맹그로브나무 숲이 다가오고, 일렁이는 물결 따라 넘실대는 부레옥잠의 무리들이 손짓하는 것 같다. 커다란 플라스틱 물통을 타고 말라깽이 아이들이 연신 구걸하는 모습이 달려들어 지폐 한 장을 꺼내기가 무섭게 낚아챈다. 화들짝 눈을 뜨니 호수가 가까이서 마주보고 웃는다.

바위를 타고 내려오는 물줄기가 산을 넘어가는 노을빛과 함께 호수에 멈추고, 산그늘이 조용히 내려와 앉는다. 호수를 보며 생명의 파동을 배우고 삶의 젖줄인 물의 에너지를 느낀다. 물은 호수, 강, 바다, 구름, 비와 한 고리로 이어지면서 변신을 거듭하며 새로 태어난다. 생명의 모태인 물에서 최상의 덕은 물과 같다는 상선약수上善若水의 이치를 깨닫는다.

호수 속엔 계절이 잠겨 있고 시간이 쉬는 듯 흐른다. 아침 안개가 계곡을 휘감으며 호수에 내려왔다가 떠오르는 햇살에 쫓기어 썰물처럼 그 모습을 감춘다. 폭염에 지친 숲 속 메아리가 산울림 되어 호수 속에서 쉬어가고, 새파란 가을 하늘 아래 설렁이는 억새풀이 은빛 물결로 반짝인다. 물에 잠긴 달빛이 총총한 별을 하나씩 불러내어 찌, 찌 우는 풀벌레 소리와 짝을 맞추고 있다.

곱게 물든 가을산이 호수 속에 거꾸로 앉아 있다. 나무와 하늘, 호수가 가만히 속삭인다. 비우고 비워라, 깨우쳐 나를 보라고. 그런 연후에 호수를 보라고. 인생무상無常, 자연무상, 모든 게 무상이라고. 이 세상 모든 존재는 있는 것도 없는 것도 아닌 비유비무

非有非無라고 타이른다. 가랑잎 하나에도 유리처럼 깨어지고 마는 호수는 가을날 내 마음을 닮았다. 엉뚱한 푸념으로 나를 추스르는 헛것은 무상이 아니라는 응답이 멀리서 돌아온다.

아파트 여기저기서 불빛이 하나, 둘 켜지고 있다. 호수에도 하나, 둘 불이 켜지며 청둥오리와 함께 일렁인다. 수평선에 바다 섬처럼 우뚝 서 있던 산 그림자가 지워지고 있다. 새들은 아득히 하늘 끝을 날아가고 내 마음속에 매달려 있던 호수들이 하나씩 하나씩 흔적을 매달고 숲 속으로 잠겨든다.

집으로 왔더니 창호지에 스며든 호수달이 나를 반긴다. 오늘 밤은 신의 총애를 혼자 받는 느낌이다. 월든 호수, 톤레삽 호수, 대천 호수, 그 무슨 호수면 어떠랴. 호수가 되어 호수잠을 청한다.

가을 풍경

\# 1

봄부터 세상을 덧칠하던 초록이 붉은 빛으로 제 결실을 맺는 가을이다. 단풍구경 가자고 아내가 조르고, 텔레비전은 설악산을 클로즈업하면서 사람의 마음을 흔든다.

단풍에는 익숙한 수식어가 늘 따라붙는다. '놀이'란 말이 붙고, '구경'이란 말이 따라다니는가 하면 '열차'가 매달리기도 한다. 다수의 횡포는 정치적 메타포만이 아니라는 데 생각이 미치니 궁상스러워진다.

단풍, 단풍 소란 떨지 말고 가까운 승학산 억새밭을 밟는 것도 좋을 것이다. 그곳엔 시월의 크리스마스가 거나하게 펼쳐지고 있다. 오래된 축제가 바람과 함께 수런거린다.

억새는 언제 보아도 내 무딘 감성을 흔든다. 아침 햇살에는 은 빛으로, 저녁노을을 껴안을 땐 금빛으로 눈부시다. 달빛을 머금은 저녁엔 솜털처럼 부드럽고 담백한 맛으로 이웃들을 손짓한다. 빛의 스펙트럼을 염두에 두고 그 바탕을 보면 은빛이다. 새하얀 빛깔에서 약간 비켜서면서도 온갖 색을 은빛으로 삭혀내고 있다. 은빛 하나로 세상을 보듬는 억새의 절개는 부드러우면서도 예리한 칼날을 닮는다.

억새밭을 걷고 있으니 양 옆에서 억새들이 꽃술을 흔들며 수줍은 열병식을 벌인다. 자연스레 사열관이 되어 어깨가 절로 펴진다. 어쩔 수 없는 속인은 억새꽃에 취해 억새와 함께 은빛으로 물들어 억새를 닮아가고 싶은 욕구에 찬다.

그런 억새의 몸짓 속엔 서민들의 애환이 녹아 있다. 가난한 연인들의 밀어가 은근한 파도소리처럼 억새꽃 공동체를 꾸려 나간다. 억새밭 사람들은 누구나 나름대로의 주인이 된다. 어설픈 철학자, 생뚱맞은 미학자가 되기도 한다. 지금 여기에. 자연적 질서가 가을에 대한 뭇사람들의 허황된 실존적 인식을 저만치 밀어내고 있다.

가을 속 억새밭에선 많은 생각들로 인문학적 마음이 덩달아 깊어진다. 감성지수에 취한 시인의 시어 조각들이 나뒹굴겠고, 억새꽃에 드높은 하늘을 몽타주하는 영화감독의 카메라가 사람들의 눈 속으로 주밍되고 있다.

억새밭은 끝이 없다. 봄, 여름 온갖 아픔을 이겨 낸 아름다움의 끝은 눈이 아득하도록 감감하다. 파란 하늘에 뭉텅뭉텅 그림을 그리는 억새. 그 캔버스엔 많은 가을벌레의 청아한 울음소리가 담겨 있다. 때로는 크고 작은 분수가 찰랑대고 있다. 시원한 강바람도 사막의 모래바람도 날리고 있다. 사막 저 멀리서 금발의 어린 왕자가 불쑥불쑥 돌아다니고 있다. 캔버스 오른쪽 밑 끄트머리엔 구겨진 나의 주름살이 엉거주춤 달라붙어 있다.

억새 그림을 마음속 액자에 담아 가을을 나고 있다.

2

나무 그루터기에 기대 앉아 눈을 감으니 가을 냄새가 몇 백 년 묵은 소나무 주름살 속에서 번져 나온다.

가을은 침잠의 의미를 되새김질하는 계절이다. 솔바람 따라 내려가면서 나의 내면을 들춰 본다. 참 하릴없이 지낸 터라 특별히 가슴팍을 덥히는 게 없다. 내려간다는 게 구겨진 나를 닮았다는 것에 생각이 닿으니 노랗게 물든 가을산이 다정한 친구 같다. 적당히 올라온 인생이라 휘뚝거리며 내려감은 더욱 미안할 것 같다. 그러나 혹 알겠는가, 올라올 때 허걱대는 바람에 잊혀진 사람, 지나쳐 온 돌무더기 속의 작은 꽃도 볼 수 있는 행운과 만날는지.

초등학교 시절의 수학여행, 토함산 내리막길을 걸어가면서 느꼈던 풍경이 아직도 마음 한 켠에 아름답게 재워져 있다. 한 모롱이 돌면 동해 바다요, 한 모퉁이 내려가면 소나무 숲이 다가서고, 몇 마장 더 내려가면 논밭이 펼쳐진다. 빠른 걸음으로만 가는 직선에선 볼 수 없는 풍경이다. 인생은 곡선에서 휴식을 찾는다.

끝이 보인다면 무슨 살맛이 나겠는가. 인생의 길은 곡선이다. 내려감은 자연을 관조하는 일이다. 자연 속에 있어야 함을 이제야 알겠다. 자연은 고독을 모른다.

가을은 동사가 형용사로 몸을 바꿔 절정을 맺는 계절이다. 낙엽 구르는 소리가 정겹다고 만산홍엽이 길을 따라 나선다. 끝없는 기러기 떼가 늦은 가을 한복판을 가르며 군무를 펼친다. 가을은 봄처럼 게으르거나 여름같이 촐랑대지 않는다. 가을은 파란 하늘을 색종이처럼 조각조각 잘라내고 자리를 깐다. 겨울에게 길을 묻기 위해 온몸을 털어내고 참선 준비에 바쁘다.

가을은 기름기를 뺀 수채화 같은 계절이다. 푸른 하늘을 안고 있는 텅 빈 들판이 그렇고, 구름과 벗하고 있는 억새밭이 그렇다. 널브러진 볕들이 이삭이 되어 들판을 서성인다. 새까만 주름살, 빨간 고추 보따리, 하얀 저고리, 촌부의 나들이가 종종댄다. 달랑 까치밥 몇 알 남겨둔 감나무가 지나온 시절을 반추하며 마을을 지킨다. 그동안의 온갖 갈등과 방황을 벗어놓고 태양도 저만치 비켜 서 있다. 내 키를 넘는 은빛 억새꽃이 별빛 바람에 살랑댄다. 산뜻한 울림이 풍경 소리를 닮았다.

가을 냄새 속에는 많은 소리가 묻혀 있다. 조용한 내림 소리, 적막을 밀쳐내는 자연의 소리, 형용사가 빚어내는 참선의 소리, 때로는 담담한 수채화 같은 소리도 있다.

새로워져야 한다. 어제 오늘 새롭게 익어가는 가을 소리가 오늘따라 새로운 음감이 되어 크게 울린다.

벽화

발가벗은 아이가 기다란 막대
빵 한 조각을 들고, 붙잡히지 않으려고 달아나고 있다. 아무리
달려도 금방 잡힐 것만 같다. 옆으로 비켜 달아나려는데 키 큰
아이들이 앞에 버티고 있다. 어쩔 줄 몰라 쩔쩔매는데 저만치 어
머니가 보인다. 쏜살같이 달려가지만 어머니는 어느새 보이지 않
는다. 누군가가 목덜미를 낚아채는 것 같다. 깜짝 놀라 몸을 비틀
며 뛰어보지만 발만 붕붕 떠다닌다. 뛰기를 포기하고 펄썩 주저
앉으려는 순간 주위가 시끄러워 둘러보니 혼자서 덩그라니 벌판
에 서 있다.

어릴 적에 가끔 꾸었던 개꿈이다. 가난한 아이가 세월을 멀리
보내고 어른이 되어 달동네에서 길거리 벽화를 보고 있다. 추억
을 불러일으키는 그림이 한동안 걸음을 멈추게 한다.

남구 문현동 안동네 벽화마을. 문현동 사람들이 안동네라 부르는 이곳은 고지대의 공동묘지 인근에 터잡은 외지고 가난한 동네다. 1960년대의 모습을 빼닮은 벽화마을은 부산시의 2008년 공공미술프로젝트로 이루어졌다. 230여 명의 자원봉사자와 동네 주민이 어울려 47점의 그림을 담벼락에 그렸다.

가파른 계단을 조금 지나니 한 사람이 겨우 지나갈 수 있는 좁은 골목이 미로처럼 복잡하게 얽혀 있다. 마을지도 읽어내기가 너무 난해하다. 그냥 감으로 더듬더듬 숨은 그림 찾는 게 훨씬 편하다. 오르락내리락 숨바꼭질하면서 벽화 그림을 찾아 한참을 헤매니 온몸에 땀이 배지만 그림 보는 재미가 쏠쏠하다.

종이비행기 날리는 아이들, 구름 타고 날아다니는 소녀들이 보인다. 크고 작은 장독을 무대로 숨바꼭질하는 아이들 옆에는 그네 타는 해맑은 모습의 소녀들이 하늘을 힘차게 밀어내고 있다. 작은 별, 큰 별이 총총히 박혀 있는 우주세계가 펼쳐진다. 갈매기가 벽을 뚫고 나와 푸른 하늘을 날아다니고, 그 뒤를 풍선 불면서 동화나라로 여행하는 아이들이 보인다. 빨랫줄에 앉아 있던 참새 두 마리가 줄지어 걸어가는 여인들을 쫓고 있다. 여인들은 머리에 꽃도 꽂고, 항아리도 이고, 팔에는 탐스런 과일 바구니도 들고 있다. 창문 열고 고양이와 얘기하는 듯 웃고 있는 아이의 모습이 익살스럽다.

벽화 사이로 손바닥만 한 텃밭도 보이고, 넘어질 듯한 평상에서 두 노인이 장기를 두고 있다. 슬레이트 지붕 사이로 드문드문 보이는 벚꽃이 봄바람에 날리고 있다. 로드 갤러리가 되고 있는 벽화 속 아이들이 내 어릴 적 가난한 아이와 겹쳐져 뜻밖의 고통으로 달려든다. 가난으로 찌든 어른들의 삶을 멀리한 채 그들의 아들딸들이 동화나라에 나오는 풍경 속으로 벽화가 되어 걸려 있다.

해운대구 우2동 행복마을. 이곳은 문현동 벽화마을같이 높은 지대가 아니고 평지이다. 슬레이트 지붕이 기다란 도랑을 사이에 두고 줄지어 있는, 재개발을 기다리는 곳이다. 관광특구 해운대의 이방지대이다. 2010년 우2동 주민자치센터 주도로 자원봉사자, 거리미술공동체 봉사단체가 쾌적한 환경 조성과 등산객을 위한 볼거리를 제공하기 위해 행복마을을 만들었다고 한다.

동화 같은 마을을 걷노라면 담벼락을 비집고 풀이 돋아나고, 코스모스가 피고, 물고기들이 헤엄치는 풍경에 빠져 든다. 봄의 왈츠가 은은히 퍼지는가 하면 가을 동화가 빨갛게 익어가고 있다. 파란 하늘에 두둥실 떠다니는 구름 따라 웃고 있는 강아지가 꼬리를 흔들고 있다. 이십여 년 동안 왕비에 대한 사랑으로 빚은 사랑의 금자탑인 인도의 타지마할도 보인다. 바다를 뜨개질하는 소녀 옆에 빨간 우체통이 기쁜 소식을 기다리고 있다. 창밖을 보며 턱을 괴고 있는 수줍은 소녀의 미소는 장대 같은 해바라기와 무슨 얘기를 나누고 있을까. 창문을 통해 광안대교가 보이고 물고기와 거북이가 노니는 바다 속 풍경이 넘실대고 있다. 풍차가 힘차게 돌아가고 우뚝 선 에펠탑 사이로 호랑나비가 날아다니고 있다.

풍선을 달고 달리는 자전거 그림 앞에 누군가가 세워 둔 폐지를 가득 실은 손수레가 멈춰 있다. 행복마을 어느 노부부의 가난한 꿈과 삶이 실려 있다. 폐지 팔아 조금씩 모아 둔 돈을 손자의 손에 꼭꼭 쥐어 주는 모습이 보이는 듯하다. 거리 벽화 끝자락에는 '어린왕자' 이야기에 나오는 보아구렁이가 코끼리를 통째로 집어삼킨 모자가 그려져 있다. 이곳을 지나는 어른들은 이 모자 그림을 보면서 무슨 생각을 할까.

꼬불꼬불 내리막길에서 꼬부랑 할머니를 만난다. 벽화마을 이름이 행복마을이라는데 행복과는 멀어 보인다. 누군가는 벗어나고 싶은 공간, 누군가에게는 여행지가 되는 벽화마을 골목길 너머로 고층 아파트가 드문드문 보인다. 뫼비우스의 띠처럼, 옛것과 새것의 공존이런가.

회화는 인류의 역사와 함께 시작되었을 것이다. 동서고금을 막론하고 가장 오랜된 캔버스는 벽이었을 것이다. 벽화의 역사는 구석기시대까지 거슬러 올라간다. 프랑스의 라스코 동굴벽화, 스페인의 알타미라 동굴벽화가 대표적이다. 우리나라도 5~6세기의 고구려 벽화가 유네스코 세계 유산으로 지정되어 그 진가를 세계에 알리고 있다. 서역으로 가는 실크로드 위에 세계적 고대 미술관이라 불리는 둔황 석굴과 사마르칸트 아프라시압 궁전 벽화에는 조우관鳥羽冠을 쓴 고구려 사신이 보인다. 열려 있는 고구려, 세계의 문화를 공유하는 글로벌 고구려를 발견한다. 고분벽화 사진을 보고 있으면 어느덧 인생의 실크로드를 가는 카라반이 된 듯 즐겁다.

고대에서 현대에 이르기까지 벽화는 그 시대 생활상과 문화를 대변한다. 주로 무명화가의 붓끝을 통해 표현되는 오늘날의 벽화는 비록 화랑이나 미술관에 전시된 유명 작품처럼 주목을 받지는 못한다. 하지만 많은 사람들이 잠시나마 웃을 수 있는 힘이 된다.

벽화는 살아 말을 한다. 순박하게 사는 길이 행복이라고 하는 것 같다. 하나의 눈이 여럿의 눈과 어울려 관계를 넓히고자 한다. 벽화 속에는 어린아이들의 해맑은 웃음이 꽃으로 피고 하늘을 날아다니는 동화가 있다.

문득 내 마음벽에도 그림 하나 걸고 싶다. 끝없이 펼쳐진 풀밭 위에 빵 광주리 하나, 그 옆엔 막걸리 한 병, 별스럽게 공명통이 커다란 바이올린을 켜는 할아버지, 강강수월래하는 아이들이 있는 그림을 걸고 싶다.

그런데 아쉽다. 내 마음의 벽화壁畵는 어느새 벽화癖畵가 되어 저 멀리 달아나고 있다.

주름살 감상법

아내의 얼굴에 세월이 휘감아 돈 흔적이 실금처럼 걸려 있다. 60대에 진입한 나이에 주름살은 당연한 현상이겠지만, 구속받기도 싫고 구속하기도 싫은 내 삶의 길에 아내는 거제도 몽돌해수욕장의 몽돌처럼 늘 그 자리에 있을 줄로만 알았다. 세월이 주는 선물에 왜 그리도 무관심했을까. 행동생태학자들의 말을 빌리면 까치나 앵무새, 비둘기도 사람의 얼굴을 식별하고 기억하는 능력을 가졌다는데.

주름살은 흔들림이다. 이 흔들림 속엔 희로애락 그 이상의 무엇이 있다. 얼마 전에 소쇄원 대숲을 거닌 적이 있다. 댓잎 소리가 시냇물 소리와 파랑을 만들면서 공간을 메우고 있었다. 선비들은 그런 소리들을 집안으로 끌어들여 벗을 삼았다. 선비의 가슴속에서 그 소리들은 일체무 切無라는 공명을 싹틔우고 있었으리라. 고독한 아름다움을 흔들림 속에서 찾아내려 했던 것일까. 아름다움을 음미하려는 선비의 청아한 정신을 조금이나마 읽을 수 있었다.

풍경 소리에 마음을 얹으면 아름다운 파랑골이 만들어진다. 흔들림이 풍경처럼 악기가 되어 공명통이 되는 떨림을 만들어 내는지도 모를 일이다. 그 떨림은 주름살이 되고 나이테가 되어 인생의 풍경 소리로 울리는 것이리라. 풍경 소리, 북소리에 빠져들다 보면 어느새 나는 풍경을 매단 처마줄이 되고 북채가 되어 가슴이 서늘하도록 울려댄다.

주름살은 하나의 새로운 출발이다. 새싹, 연초록 모두가 주름살에서 태어난다. 주름살을 딛고 일어서는 봄이기에 아름다운 계절이라고 서둘러 노래한다. 젊음은 그 무엇과도 바꿀 수 없는 아름다움의 극치다. 누군가는 늙음은 무디어진 지성과 둔해진 감수성에 대한 슬픈 위안이라면서 '늙으면 플라톤도 허수아비가 된다.'고 말한다. 플라톤이 어찌 허수아비인가. 그의 높은 지혜가 젊음만 못하다는 점이 어디 있는가. 몇 백 년을 살면서 주름살투성이가 된 마을 앞 팽나무를 보면서 옷깃을 여미는 이유는 어디에 있는가.

거제도 몽돌해수욕장을 거닐다 해금강을 찾는다. 아아, 수십만 년 인고의 세월을 밀어낸 해안의 저 주름진 바위들. 귀여운 몽돌과는 다른 숭고한 아름다움으로 다가온다.

캄보디아 여행길에서 앙코르와트 따프롬 사원을 무너뜨릴 듯

했던 수백 년 된 스펑나무들이 무섭게도 아름다운 영상으로 떠오른다. 관광객의 보시로 연명하고 있는 노승의 얘기가 아직도 귀에 쟁쟁거린다. "이 나무들은 뿌리로 불상과 사원을 부수기도 하고, 그 뿌리로 사원과 불상이 무너지지 않도록 버텨주기도 합니다. 그렇게 나무와 부처가 서로 얽혀 9백 년을 견뎠지요. 여기 돌들은 부서지기 쉬운 사암이어서, 이 나무들이 아니었다면 벌써 흙이 되었을지도 모릅니다. 사람살이가 다 그렇듯이 말입니다." 그렇다. 따프롬 사원의 노목들처럼 세월이란 주름을 아름답게 매만지며 살아갈 수밖에.

주름살에서 사랑을 배운다. 주름살은 긴 세월을 이겨낸 인고의 매듭이다. 그렇기에 주름살은 주어진 운명에 늠름하게 대처하면서 살아온 시간의 흔적이다. 주름살을 지우는 일은 아름다운 세월을 지우는 일이요, 바보 같은 짓이다. 자신의 존재 이유를 보전할 일이지, 자신의 역사를 부정할 일이 무언가.

아내의 주름살을 그려보며 허허롭게 웃어본다. 아내의 눈가에 생긴 주름은 하회탈 주름이다. 볼수록 정이 붙는 것 같다. 두 눈을 중심으로 마치 꽃 두 송이가 은은하게 살포시 피어나고 얼굴 전체가 복사꽃처럼 화사하게 피어나는 것 같다. 애써 가꾸고 닦아온 연륜과 알뜰한 삶의 흔적이 웅숭깊이 터지는 것 같다. 숨가쁘게 달려온 역경과 굴곡들 속에서도 어떻게 저리도 온유하고 여유로울 수 있을까. 아내의 주름살에 좀 무엇하지만 경의를 표한다.

주름 생기는 걸 두렵게 생각할 필요는 전혀 없다. 주름은 나를 이웃에게, 이웃을 나에게 인도하는 정다운 길이다. 주름살을 튼튼하게 지켜 내고 차곡차곡 쌓는 것은 내 안을 가다듬고 정갈하게 세월을 다독여 영혼의 지도를 만드는 일이다. 아내 이마의 주름살은 달마대사가 되어 저멀리 휘적휘적 달아난다. 아내의 주름골에서 알 듯 모를 듯 지성과 감성의 조화를 읽어 본다. 아내의 주름살은 고통을 이겨 낸 아름다운 추억이 되어 훈장처럼 빛나지만 내 마음의 부채는 감당할 수 없을만큼 커져감을 느낀다.

젊은 여인은 아름답다. 그러나 늙은 여인은 더욱 아름답다고 시인 휘트먼이 말한다. 꽃이 피고 열매가 맺어 과일이 익어가듯이 여인의 아름다움은 끊임없는 미의 축적과정을 거쳐 완성된다는 말이겠다. 아내의 주름진 얼굴을 떠올리면서 잠시 휘트먼을 따라 중얼거려 본다. '늙은 여인은 아름다워, 늙은 여인은 아름다워.'

유목생활을 하는 노마드들은 얼굴이 온통 주름투성이다. 삶을 초월한 어느 성인의 모습을 보는 것 같다. 자신을 찾아 헤매었을 아내의 주름살은 마치 눈 덮인 산그늘 아래 피어 있는 맑은 매화 같다. 아내의 주름살에서 은근한 유미주의자, 아니 참다운 예술가의 정신세계를 보는 듯하다.

섬진강

백운산 자락의 조그만 찻집을 찾는다. 탁 트인 전경이 유유히 흐르는 섬진강을 한 올씩 풀어내고 있다. 치마저고리가 휘고 접히는 듯 아담한 곡선의 흐름에서 신윤복의 <미인도>를 떠올린다. 트레머리를 하고 말아 올린 치마 끝으로 버선발이 살짝 나온 조선 여인이 강 기슭 풀섶을 헤치고 불쑥 걸어나올 것 같다.

수만 년을 침묵으로 지켜온 첩첩한 산들의 능선이 그리움의 선형線形이 되어 강줄기를 따라 명상 속에 잠겨 있다. 햇살을 감싼 바람이 가끔 밭고랑처럼 주름진 구름에 일렁이고, 그 틈새로 매화꽃 그림자가 나풀대고 있다.

섬진강은 시·공간을 품고 계절이 쉬어가는 아늑한 둥지다. 수많은 낯선 만남을 한 몸으로 모아 그리움의 끝, 영원으로 회귀케

한다. 산수유 마을의 노란 수줍음 속에 매화떼가 구름처럼 피어
난다. 덩달아 벚꽃이 끝간 데 없이 줄을 선 섬진강의 봄은 젊은
여인의 감성어린 화사한 얼굴이다. 강변의 무성한 댓잎은 초록빛
이불을 둘러쓴 모습이다. 섬진강의 여름을 넉넉히 물들이는 원숙
한 여인의 깊은 정이 절로 배어나는 듯하다.

산 그림자가 말갛게 강물에 비치고, 만산홍엽 속에서 물새들이
포로롱 날아오르는 가을하늘은 유달리 높다. 그것은 순정을 지켜
내는 매서운 여인의 지조 같다. 철새가 사라지고 세찬 바람 속에
소나무 가지의 눈송이를 후드득 털어내는 섬진강의 겨울은 고독
을 이겨내려는 겨울 여자의 속울음처럼 품안으로 다가온다.

섬진강은 유장한 거문고 가락의 선율을 펼쳐 놓는다. 그 속에
애잔한 역사를 품어내는 웅숭깊은 고뇌가 있다. 고려 우왕 시절
왜구가 섬진강 하구에 침입했을 때 수십만 마리의 두꺼비 떼가
울부짖어 왜구가 달아났다는 전설이 있다. 두꺼비가 나루를 지킨
내력을 일러 섬진강이 되었다는데 두꺼비의 푸른 등줄기가 강 숲
곳곳에서 푸덕거리는 듯하다.

섬진강은 왜구침입, 동학농민혁명, 분단으로 인한 좌우 갈등의
거점으로서 예나 이제나 피의 역사를 고스란히 보듬고 있다. 지
금도 동·서 갈등을 안타깝게 지켜보며 흐르고 있다. 섬진강을
가로지르는 남도대교는 경상도 화개, 전라도 구례말을 섞어 동서
화합의 상징인 무지개 다리로 품어내고 있다. 운천 나루의 줄배
인 오래된 나룻배가 강바닥에서 갈등을 풀어내라는듯 까딱까딱

인사를 한다. 잔잔한 물결 속에 하얀 모래가 녹·청·백색으로 어울어지듯, 동서의 소인배들의 새까만 마음을 강물에 풀어내어 산비탈로, 송림 속으로 훠이훠이 날려 보내라고 섬진강은 침묵으로 얘기하고 있다. 긴 침묵이 온유한 곡선이 되어 창공에 곧고 맑은 대금가락처럼 울려 퍼지고 있는 듯하다. 뭉텅뭉텅 첩첩한 산들을 따라 동서로 휘돌아들며 청초한 난초 한 잎이 되고 있다. 섬진강은 침묵 속에 갈등을 씻는 표상이 되어 에둘러 흐르고 또 흐른다.

찻집을 나서 강줄기를 돌아가는데 강물도 산줄기를 따라 절하며 휘돌아 간다. 강물의 떳떳한 뒷모습이 아름답다. 살아있는 것들에 대한 참회와 감사의 마음이 깊이 각인되는 듯하다.

차창 너머로 곡선의 산을 제왕절개한 허연 직선이 드문드문 보여 강에서 담아온 경건한 마음이 달아나듯 숨는다. 자연보호, 녹색성장이라는 허울 속에 곡선을 죽이고 만든 직선들. 곡선은 신이 만들고, 직선은 인간이 만들었다는데 곡선을 죽이고도 태연하다. 사람이 자연을 보호한다며 산과 강을 직선으로 뽑는 일은 인간의 교만함이 빚은 자연에 대한 죄지음이다. 온갖 반목과 갈등은 겸손하지 못한 교만의 산물이다. 자연은 겸손한 곡선이다. 자연은 정직하다. 아낀 만큼 돌려주는 게 자연이다. 다시 차를 돌려 섬진강으로 갈거나.

집으로 가까워질수록 길은 곡선에서 벗어나고 직선을 좋아하며 직선에 길들여 있다. 승강기를 타도 직선의 빠듯함은 사람을

직선이게 한다. 섬진강에서 가져온 마음의 곡선은 슬금슬금 직선
에 꺾이고 만다. 직선 속에 곡선이 숨어 있다.

　내 마음에 깊숙이 복사해 둔 곡선의 섬진강이 참다못해 너털웃
음을 웃고 있다.

갈대

오래된 흑백사진, 을숙도 갈대
밭 속의 '나'는 바람이 되어 흔들리고 있다. 초겨울 을숙도 강가에
서 철새 떼의 군무와 갈대의 하얀 춤사위를 본다. 바람이 불 때마
다 강의 언어를 불러내어 갈대의 언어에 서걱서걱 짝 맞추는 소리
가 들린다. 귀를 기울였더니 ㅅ 음소 같은 것, ㄹ 음소 같은 연속
음이 귀를 간지럽힌다.

갈대는 바람의 화신이다. 갈대는 바람의 혼을 먹고 자란다. 갈
대에는 바람의 의지가 담겨 있다. 바람의 꿈이 잠겨 있다. 바람의
영혼이 깃들어 있다. 그리움이 밀려들면 허공에 시를 끼적이고,
그림을 그린다. 노래를 읊조리고 몸을 흔들어 춤을 춘다. 인간의
언어로는 풀 수 없는 갈대의 몸짓은 유리구슬처럼 파란 하늘에
또그르르 구르고 있는 듯하다. 적막한 품 가득 바람을 안고, 새들

의 노래와 풀벌레들이 깃드는 소리를 즐기고 있다.

저 멀리 낚시꾼들이 동동 띄운 초록 불빛의 찌가 강물에 출렁거리고, 에덴공원 쪽에서 구슬픈 색소폰 소리가 하얀 갈대꽃 속으로 흔들리며 빨려 들어간다. 인간은 생각하는 갈대라는 파스칼의 말이 귓가에 서걱거린다. 여자의 마음은 바람에 날리는 갈대라고 노래하는 베르디의 오페라 리골레토에 등장하는 아리아가 갈대 바람을 타고 갈대를 헤치며 울려나오는 듯하다.

고요한 흔들림, 세상에 흔들리지 않는 게 있을까. 흔들리는 갈대를 보면서 지구도, 우주도 흔들림이며, 사람도 자연도 흔들림 속에서 흔들리는 존재라는 철학적 명제를 새삼 깨닫는다. 하늘과 땅, 해와 달, 괭이와 호미하면서 숫컷, 암컷으로 분류하는 원시적인 비유에 치우치는 페미니즘적 생각이나, 진보·보수, 좌우 등 이분법적 편견은 부질없는 일이라고 갈대가 타이른다. 맑고 고요한 심미적 울림은 언어 이전의 감응인 물아일체요, 생명의 소리이고 인간의 존재 이유라고 흔들림의 미학을 넌지시 일러준다. 갈대의 부드러운 흔들림은 자기발견, 자기긍정의 몸부림임을 보여준다. 장자의 심원한 철학, 혼돈이 여기 있지 않겠는가.

갈대꽃에 바짝 다가서서 사진기를 들이미는 사람이 보인다. 때로는 앉았다가, 때로는 엎드려 가며 찍고 있다. 미미한 갈꽃에 눈높이를 맞추며 놀라운 세상을 읽어내려는 모습이 경건하기까지 하다. 저 눈물겹고 치열한 미의 발견은 연말이면 보내오는 탁상용 캘린더에 춤추고 있는 갈꽃의 모습으로 환생할 것이다. 갑자기 혈관 속 피돌기가 따뜻해지는 황홀한 느낌에 찬다.

갈대의 모습에서 때로는 가난한 사람들의 마음을 읽는다. 웃는 듯 찡그리고, 찡그린 듯 웃는 갈대는 넘어질 듯 애태우다 부드럽게 일어선다. 갈꽃 프리즘을 통한 하늘빛은 양극화에 시달리는 외로운 서민들의 생명이고자 하얀 날갯짓이 되어 펄렁이고 있다. 한 걸음 한 걸음 살아가기 위한 인고의 기다림은 바람이 되고, 향기 그윽한 사람꽃으로 피어나라고 바람이 오가는 노을 속에서 기도하는 모습으로 서 있다. 그리움의 꽃, 갈꽃은 부는 바람에 스러지고 바람의 끝자락에 일어서는 순리 속에서 세상의 온갖 번뇌를 털어내는 하얗게 소복을 한 여인의 환상이 떠오른다. 산다는 것이 속으로 조용히 우는 것임을 모른 채 머릿술을 풀어 헤치고 강물 속에서 은근하게 흔들리고 있다.

갈대가 온 생애를 바쳐 사랑하는 그는 대저 누구일까. 달새가 달만 생각하듯, 비새가 비만 기다리듯 갈대가 사랑하는 그는 갈바람일 거란 생각을 한다. 바람과 더불어 아름다운 춤사위를 벌이는 예술이 되고 생명이 되는 미학일 것이다.

바람에 흔들리는 갈꽃의 하얀 춤사위가 3D 화면처럼 눈앞에 클로즈업 된다. 그것은 살아 숨쉬는 예술이다. 나약해 보이면서도 강풍과 같은 세상을 포용하는 부드러운 갈대의 흔들림 속에 어느덧 내가 흔들리고 있음을 본다. 갈대의 흔들림과 함께 내 몸과 마음에 몇 겹씩 재워진 헛헛한 가식들을 훨훨 날려 보내고 싶다. 바람을 거스르며 무뚝뚝한 갈대가 된 나는 부드러운 사람이 될 수 없음을 안다. 나에게 나를 일깨워주는 갈대가 허락한다면 나는 생각하는 갈대이고 싶다. 안개비에 촉촉이 젖은 갈꽃이 더 없이 싱그럽게 보인다.

갈대여, 나는 그대 앞에 허리를 굽혀 바람에 적응할 줄 아는 삶을 배우고자 한다.

연리지

　바위를 깊이 껴안고 까치발로 절벽에 서 있는 소나무는 바위와의 연리지 같은 정서를 보여준다. 틈새의 적막함을 밀어내고 인드라망의 바위나무, 나무바위가 되고 있다.

　절벽 속에 길이 있고 그 길에 나무가 산다. 나무 속에 길이 있고 절벽이 있다. 절벽에 숨어 있는 흙이 온몸으로 나무뿌리와 내통한다. 바람과 태양을 끌어들여 안으로 조근조근 작은 나이테를 키운다. 하늘 끝자락을 붙들고 세월에 길든 분재목 같은 소나무가 된다. 솔가지 끝에 찔린 바람이 시원한 듯 몸을 부리고 있는 듯하다.

　소나무 절벽 건너편 절벽 벼랑길에 산양들이 숨바꼭질하듯 나타났다가 사라진다. 절벽에서 수천 년 동안 곧게 곧게 길 들었을 폭포수가 저 아래에 푸르다 못해 검은 빛을 띤 소용돌이를 만들고 있다. 높이와 깊이를 껴안은 절벽은 꿈과 겸손의 알레고리로 다가온다. 흰 구름이 이끼 낀 바위들을 휘돌아 돌 때마다 절벽 속에서 옛이야기가 웅얼거리듯 나올 것만 같다.

제임스 딘이 출연한 <이유 없는 반항>이란 영화가 생각난다. 자동차를 몰고달리다 절벽 끝에 다다를 순간 먼저 탈출하는 사람이 진다는 치킨게임chicken game 같은 내용이다. 그것은 극단적으로 치닫는 우리의 정치 싸움판을 보는 것 같아 우울하다. 인위적 억압을 거부한 절벽 위 소나무가 절벽에 대한 일그러진 인식을 걷어내라고 타이른다. 절벽은 무지개가 발원하는 절망 너머의 희망의 터요, 자유정신이 움트는 곳이라고 말하는 듯하다.

경주 남산에는 천혜의 절벽 공간에 마애불들이 우뚝 서 있다. 절벽에 부처를 세웠던 무명의 석공들은 자신이 부처가 돼야 함을 알고 오래도록 절망했을 것이다. 시간이 흐르면서, 깨달음의 미소를 새겨 넣으면서 속세의 때가 묻지 않은 절벽을 신성 공간으로 생각하고 깊은 명상에 잠겼을 것이다. 절망의 끝에 선 사람들에게 자비의 미소를 건네려고 땀을 흘렸을 것이다. 정과 망치로 수만 번 두드리고 새김질을 하면서 만든 마애불. 무상무념 속에 마애불이 된 석공이 절벽의 문을 열고 성큼성큼 걸어 나올 것만 같다. 길 없는 절벽에 깨달음의 길이 열려 있다. 절벽의 마애불은 속인의 가슴속에 부처의 자비를 한 움큼씩 안겨 주고 있다.

암벽 등반을 하는 사람들을 가끔 본다. 절벽과 하나 되는 저 사람들. 시간을 잊고 세속을 떠나 있는 저들은 자유롭게 영혼을 풀어내면서 자신을 자연과 융합시키고 있다. 물아일체가 따로 없으리라. 수백 미터 절벽에 매달려 있으면 교만해질 수도, 누구를 저주할 수도 없으리라. 몰입을 통해 시·공간을 버리고, 자신의 존재조차 잊어버리는 절벽이 된 사람들이 절벽에 뿌리를 내리고 있음을 본다.

절벽 위 소나무가 경전이 되어 아름답게 다가온다. 긴 세월을 버텨온 옹이와 새까만 껍질로 뒤덮인 저 작은 소나무가 말을 걸어온다. 절벽 위의 수많은 시간은 자유의 몸짓이 된다고. 나를 비우니 절망이 절망적이지 않았으며, 무거웠으되 무겁지 않았다고 이른다. 비우는 것이 함께하는 것이라며 소나무는 나와 분리할 수 없는 내가 되고 있다.

나를 비운다는 것은 나를 끌고 다녔던 무서운 습관들을 한 꺼풀씩 벗겨 내면서 새로운 세계를 만드는 과정이라는 생각이 든다. 비우고 감사하고 용서하는 아름다운 마무리는 지난 과정을 돌아보고 다시 시작하는 일임을 배운다.

알고 보면 내가 살고 있는 아파트도 절벽이라는 존재다. 절벽 위 소나무 잔영을 거실에 마음으로 옮겨 놓는다. 어느새 나는 별똥별이 되어 소나무 등줄기에 떨어진다. 달빛이 솔방울에 머문다. 한 줄기 바람이 솔가지에 묻은 하얀 눈을 털어내는 환상에 잠긴다.

나는 아파트에 몸을 붙인 연리지다.

프루스트Proust 현상과 수필

유병근

(시인, 수필가)

수필쓰기에 틀이 없다는 말은 틀을 염두에 두고 하는 소리이다. 자유자재한 글쓰기란 말 또한 틀을 염두에 두고 하는 말에 지나지 않는다. 틀이 없는 그 속에 틀을 끼고 있다. 틀은 당연히 눈에 띄는 것, 눈에 띄지 않는 모든 것을 두루 일컫는다.

가령 하드웨어와 소프트웨어를 틀의 측면에서 다루어 말할 수 있다. 함으로 수필 또한 눈에 띄는 문단/문장이란 형태와 눈에 띄지 않으면서 수필의 힘이 되는 문장 속의 이러저러한 형식이 수필에서 좋은 몫을 하는 틀일 수 있다. 함으로 수필읽기는 그 틀 벗기기라고 하겠다. 틀은 포장물이기 때문이다. 수필가는 틀을 짜고 독자는 틀을 벗기는 공존관계 속에 수필은 자란다.

프루스트Proust현상이란 말이 있다. 냄새에 자극 받아 기억을 떠올리는 일을 일컫는 말이다.

신창선 수필집 ≪어멍아 어멍아≫에 나오는 수필 <시간>의 첫 구절이다. 수필쓰기라는 작업에서 보는 것과 듣는 것 못지않게 냄새에서 풍기는 영향을 가볍게 할 수 없다는 것을 깨달을 수 있는 부분이다. "푸짐한 고등어구이를 안주 삼아 소주잔을 기울이던 젊은 시절이 그립기 때문"에 수필가는 이따금 광복동 골목길을 찾는다. 그뿐만 아니다. "어머니 냄새에 갇힌 기억은 아름다운 추억의 향수로 남"(<시간> 부분)아 화자의 가슴을 적신다.

강을 보면 강의 냄새에서, 꽃을 보면 꽃의 냄새에서 추억의 길목을 되짚어 가게 된다. 하기에 후각은 추억기능을 촉구하는 무게를 갖는다. 어린 아기는 냄새로 엄마를 찾고 냄새로 그리움을 안다. 냄새는 가장 본능적인 인식작용을 하는 힘이다.

수필쓰기란 것도 따지고 보면 냄새에 자극 받아 그 냄새를 찾아가는 길이나 다름없는 작업이다.

가끔 서울에 가게 되면 생선구이 냄새가 굽이치는 종로구 피맛골 골목을 기웃거린다. 어렸을 적 어머니가 고봉밥, 청국장에 빠뜨리지 않고 내놓던 구운 전갱이 냄새가 겹쳐진다. 어머니 냄새에 갇힌 기억은 아름다운 추억의 향수로 남아 있다. 이는 잃어버린 시간에 대한 막연한 그리움이 아니다. 숙명적 그리움이기에 저세상에 가서도 어머니를 만나 전갱이를 구워 달라고 조를 참이다.
— <시간> 부분

전갱이 냄새=어머니 냄새라고 하는 등식이 성립됨 직하다. 하기에 이 수필집을 구성하는 모든 항목이 '프루스트 현상'에서 출발하고 끝이 날 것 같은 예감을 갖게 된다. <시간>에는 시간의 냄새가 있다. 하기에 수필집 ≪어멍아 어멍아≫는 시각·청각을 도외시할 수 없지만 후각에 의한 수필읽기가 될 것이다.

쓸쓸한 푸념

수필집 서두 부분에 따르면 수필가는 "슬픔과 괴로움 속 또 하나의 흔들림, 바람의 글로 방황하는 중"이라는 언급을 한다. 그 슬픔과 괴로움은 어디서 오는 것인가를 찾아보는 일 또한 수필읽기의 빼놓을 수 없는 덕목이라고 본다. 표제작인 <어멍아 어멍아>를 잠시 들춰본다.

> 중병을 앓고 있는 어머니는 겹으로 잠근 방에 갇혀 있었다. 이른 새벽에 아내와 함께 면회를 갔을 때 우린 방관자일 뿐이었다.
> — <어멍아 어멍아> 부분

"어머니의 병마 속에 난 둥둥 떠다니는 한 조각의 구름일 뿐이었다."고 술회하는 아픔 속에는 "이 년여를 산소호흡기로 묵상하시다가 모든 가식을 떼어놓고 십이월 눈 오는 어느 날 레테의 강을 건너 자유의 몸이 되셨다."고 아파하는 심저에는 깊은 회한과 비탄이 서려 있다. 이런 바탕에서 수필집의 바탕을 적시는 애상

조를 떠올릴 수 있는 것은 숨길 수 없는 일이다.

    아, 아버지의 분신이 너무 많구나.
- <특별한 도쿄 여행> 결미

땅이 꺼질 듯한 한탄어법이다. 이 한탄, 비애 그리고 쓸쓸함은 어쩔 수 없이 <잃어버린 달>에서 극명하게 싹이 튼다. 일찍이 총각선생이던 시절, 깊은 오지생활을 감내하는 시골학교에서 유목민이나 다름없는 교편생활을 한다. 어쩌다 5일장에 나서면 하루해가 짧다. 교통편이 드문 산골마을에의 귀가길을 묘사하는 장면은 한편의 영화장면 같기도 하다.

    정상에서 숨을 고르는데 고향이 아련히 떠올랐다. 지도에서도 고향은 한 뼘 넘게 저만치 있다. 팔자소관이려니 생각하며 눈을 감는다. 그때 무슨 일인지 〈정읍사〉 백제 여인의 구슬픈 노래가 별안간 내 등짐을 붙들었다. 그 백제의 여인이 그리웠다. 어느 세월에 덧없는 망부석이 되어 지금도 어디선가 낭군을 기다리고 있을지도 모른다는 뜬금없는 생각에 젖어 있었다.
- <잃어버린 달> 부분

비애 속의 낭만, 이렇게 점을 찍어도 비애는 단순한 비애만은 아니다. 그 속에는 '어디선가 낭군을 기다리고 있을지도 모른다는' 가냘픈 속병이 있다. 그 속병을 다음 구절에서 다시 들추어본다.

백원 평지길에 달빛이 쏟아졌다. 달빛 세레나데가 몸과 마음을 적셔 발걸음을 가볍게 했다. 매뉴얼 없이 자유분방하게 달빛 속을 걸어가는 나의 모습은 영화 <서편제>에서 흥겹게 노래 부르며 굽은 길을 돌아드는 주인공보다 훨씬 앞선 주인공이었다.

-상동

수필은 체험의 문학이라는 등 수필에 따라붙는 정의는 한두 가지가 아니다. 그건 수필을 하면서 갖는 수필에의 애정표시라고도 하겠다. 하기에 수필은 보다 향상된 격을 나날이 갖출 수 있다. 그러지 아니하고 만약 수필은 '꽃'이다라며 오직 하나의 뜻으로만 못을 박는다면 수필의 운신은 좁을 수밖에 없다. 수필이 문학의 범주에 엄연히 들 수 있는 이유 또한 세계의 내부천착이라든가 세계의 참신한 새 탐구라든가 세계를 비틀어 새롭게 보려는 노력에 따른 것이다. 새롭기 때문에 낯설다. 낯선 신비로움으로 잔잔한 감동이란 아름다움을 가슴에 새기게 된다.

수필은 하나의 체험이 다른 체험으로 이동하는 체험의 공명현상共鳴現象을 갖는다. '매뉴얼 없이 자유분방하게 달빛 속을 걸어가는' 모습에서 <영화 서편제>의 주인공을 떠올리는 것 또한 그런 공명관계로 볼 수 있다. 하나의 울림은 다른 울림으로 전이되는 현상이다. 상상의 이동이다. <잃어버린 달>에서는 그 이동이 아프다.

우우우 하는 소리에 눈을 뜨니 내가 솔바람이 되어 우는 소리다. 달빛이 창호문에 소나무 그림자를 파도처럼 출렁이게 하는 모습이

221

정겹다. 이리저리 기웃거릴 때마다 산사의 바람소리는 목탁소리와
섞여 나무숲을 흔들어 깨운다.

- <바람이 되어> 부분

수필은 약손이다. 그러지 아니하고는 이 아픔을 도저히 삭일
수 없을 것이다. 수필로 드러낼 수 있는 길이 있기 때문에 어떤
아픔이든 치유할 수 있다. 그 길을 수필가는 '한라산 바람 냄새가
맑아서일까. 나를 찾아나선 며칠간의 귀향이 그간의 온갖 죄의식
을 용서받아서 그럴 것이라고 혼자 단정했다. 지울 수 없는 나를
모성 같은 고향에서 제대로 찾은 셈이'(<고향 그리고 고향> 부
분)라며 비로소 고향의 따뜻함을 독백한다. 그것은 지금까지 혼
자 지니고 있던 마음 밑바닥의 고질 같은 아픔이 치유되는 과정이
다.

박문하는 그의 수필 <약손>에서 '이제 나이 80을 넘어서 고
목껍질처럼 마르고 거칠어진 어머니의 손이지마는 그 속에는 우
리 의사들이 갖지 못한 신비한 어떤 큰 힘이 하나 숨어 있는 것만
같았다'고 한다. 수필가 신창선의 아픔을 치유하는 약손은 고향이
다. 수필가는 그 약손을 찾아 고향을 찾는다. 고향=어머니라는
등식을 가상할 경우 수필가의 그리움 속에는 언제나 어머니의 존
재가 인육처럼 깊고 붉게 찍힌다.

어머니의 사랑은 세월이 흘러도 과거가 될 수 없다. 나에게 늘

축복이신 어머니.

- <어멍아 어멍아> 부분

김소운은 그의 어머니가 설사 문둥병 환자였더라도 어머니를 사랑하겠다는 말을 했다. 그처럼 어머니라는 존재는 인간에게 절대적인 사랑과 힘을 갖는다. 수필가의 행보가 고향에 닿는 것은 거기 어머니의 영상이 있고 어머니의 체취가 영원이 젖어 있기 때문이다. 어머니는 누구에게나 절대적인 사랑과 추억의 중심이다. 하기에 '과거가 될 수 없다'고 매듭을 짓는다.

추억 속의 아지랑이

신창선 수필의 바닥을 적시고 도는 여운은 '아픔'만이 아니다. 그 아픔을 치유할 줄 아는 견고한 감성과 이성이란 무기가 수필가의 정신사를 떠받치고 있음을 볼 수 있다. 그것은 수필 본연의 줄기와 맥이 되어 끈끈하게 흐르고 있다. 아픔만을 늘어놓을 경우 수필은 연약한 지반처럼 쉽게 무너지고 만다. 하지만 수필가의 정신 내면에 온축된 인문학적 깊은 소양이 수필의 격을 결코 흐물흐물하게 늘어놓지는 않는다.

폐선은 인생과 매우 닮아 있다. 폐선의 과거와 현재는 사람의 역사와 궤를 같이한다. 온고지신, 폐선에서 새로운 가치를 읽어낸다. 인생은 영원한 시간의 강을 따라 떠내려가는 나그네에 불과하

223

듯 폐선도 희로애락의 많은 역사를 머금고 있다. 지금 여기, 폐선의
모습은 바다를 등졌어도 역사의 굴곡을 떠안은 채 나를 따라온다.
- <폐선과 소통하다> 부분

폐선 속에 인간의 길이 보이고, 폐선은 인간과 소통하는 바다가
된다. 폐선과의 소통이 제대로 되었을 때 폐선은 폐선이 아니라
인간으로 승화될 것이라는 명제를 만들어 본다.
-상동

이처럼 폐선을 보는 시각이 예사롭지 않음을 볼 수 있다. 이는
깊은 사색, 상상력의 작용 없이는 이루어낼 수 없는 신창선 수필의
특징이라고 본다. 흔히 수필은 생각나는 대로 붓 가는 대로 쓰는
글이란 뜻으로 단순하게 여겨지기 때문에 수필을 아무렇게나 쉽게
얽어매는 경우가 허다하다. 수필을 오도하는 가장 큰 문제가 이에
있음에도 수필을 직업으로 삼는 수필가마저 이에 가볍게 동조하는
풍조가 있다. 이런 상태로는 수필은 몇십 년 전이나 몇십 년 후에
나 그게 그것인 수필이 되고 말 염려가 있다. 그러면서 독자들이
수필을 경원시한다는 불만을 말한다. 심지어는 수필가마저 수필에
서 멀어지고 있다는 언급 또한 들리는 서글픈 세상이다. 수필에
지나치게 안이하고 무책임한 처사를 뉘우쳐야 수필이 산다.
생각나는 대로 붓 가는대로의 참다운 뜻은 무엇인가. '인생은
영원한 시간의 강을 따라 떠내려가는 나그네에 불과하듯 폐선도
희로애락의 많은 역사를 머금고 있다.' '폐선 속에 인간의 길이

보이고, 폐선은 인간과 소통하는 바다가 된다.' 이와 같은 사색을 따라 붓 가는대로 쓰는 글이 수필임을 위 보기가 말한다.

산사는 빛으로 환생하는가. 종소리가 빛이 되니 내 마음도 빛이 되어 종소리의 한 올이 된다. 이 세상에 빛이 아닌 게 어디 있으랴. 자비도 광명이요, 사랑도 빛이요, 마음의 빛은 지혜로 태어난다. 빛은 이슬, 꽃, 공기, 구름, 하늘, 땅, 세포 하나하나까지 고리로 붙들고 모든 생명체의 희망이 된다.

－＜소리빛＞ 부분

빛이란 무엇인가. 이렇게 물을 경우 거기 대한 대답은 과학적 상식을 동원하게 된다. 하지만 수필은 빛을 말하되 과학적 상식을 초월한다. '빛은 이슬, 꽃, 공기, 구름, 하늘, 땅, 세포 하나하나까지 고리로 붙들고' 있는 '생명체의 희망'이라고 인식한다. 이것은 물론 수필가의 새로운 시적 상상력의 발단에서 태어나는 인식체계이다.

수필을 읽는 것은 그 속에 어떤 참신하고 기발한 인식이 내포되어 있는가를 찾아내려는 노력이기도 하다. 그것을 찾았을 때의 기쁨을 위하여 애써 수필을 읽는다. 그 기쁨에 의하여 세계는 새로워지고 오늘은 내일로 나아가는 활기찬 걸음이 된다. 그런데 많은 논자의 경우 수필의 재미를 이야기한다. 수필은 재미있어야 하고 쉽게 읽혀야 하는 등 수필을 가벼운 읽을거리로만 다루려 한다. 이런 경우라면 차라리 만화를 읽든지, 옛날 이야기책을 읽는 것이 훨씬 재미있고 때로는 감동을 먹을 것이다.

독서하는 기쁨이 보인다. 이 경우 '재미'라고는 하지 않는다. 왜
냐하면 재미는 몸으로 때우는 엔조이enjoy라는 의미를 갖는다.
그렇다면 무엇인가. 당연히 기쁨pleasure이다. 기쁨은 정신으로
갖는 열悅의 행위이다. 열悅은 마음으로 구성된다. 하기에 수필읽
기는 마음의 기쁨을 찾는 독서행위이다. 재미와는 다소 거리가
멀다고 하겠다.

수필에서 감동을 받았을 때 재미있었다고 할 수는 없다. 이러
저러한 구절에서 기쁨을 맛보았다고는 한다. 그렇게 보면 수필은
재미를 갖는 글이 아닌 기쁨을 갖는 글임을 알 수 있다. 시시콜콜
하게 그다지 소용에도 닿지 않는 언술을 가지고 이야기하자는 것
은 아니다. 다만 수필의 수필다움을 위한 작은 소견일 뿐이다.

수필 또한 수필문장을 끌고 가는 재치와 저력을 요구한다. 수
필은 비교적 짧은 글이다. 기껏 원고지 열 몇 장 안팎의 글이 한
편의 수필을 구성하는 것이 우리 수필의 보편적인 현실이다. 그
열 몇 장에도 독자의 인내심을 요구한다. 너무 길고 지루하다는
말도 들린다. 왜 그런가. 아무리 읽어도 그 이야기가 그 이야기이

기 때문이다. 변화가 없는 지루한 이야기가 제목만 달리할 뿐,
달리 음미할 대목이 나오지 않는다.

　　하늘 길목이 열리고 보름달이 뜨면 달집을 태운다. 이때 절을
하면 여름에 더위를 타지 않고 부스럼이 나지 않는다는 속설이 있
다. 예전에는 달집태우기로 풍년을 기원하고 여러 가지 점도 쳤지
만 지금은 지역민과 관광객에게 재미와 볼거리를 제공하는 지역문
화 축제로서 자리매김하고 있다.

－ <달집의 일생> 부분

　　어머니가 살았을 적에 어머니는 불상 앞에서 빌고 성모상 앞에
서도 소원을 비셨다. 달을 향해 별을 향해, 부엌에서도 장독에서도,
삼라만상 모든 것을 향해 빌고 있는 모습을 종종 볼 수 있었다.

－상동

　　달집태우기는 서민들의 마음속에 담고 있는 액운을 태우고 소박
한 소원을 연기에 담아 하늘로 보낸다.

－상동

　　위 보기에서 달집을 태우는 풍습을 어렴풋이 알 수 있다. 예전
과는 달리 지금은 일종의 놀이거리가 된 달집태우기, 안택安宅을
위한 어머니의 비손, 서민들의 소박한 비손 등을 읽을 수 있다.
수필은 물론 일반 산문과는 달리 정보전달이나 현학을 드러내는
문학이 아니다. 하지만 위 보기에서 독자는 사라져가는 세시풍습

227

의 정서를 읽는 효과를 거둘 수 있다. 잔잔한 정서와 깊은 사유는 수필을 일으키는 또 다른 힘일 수 있다.

감성과 이성의 소용돌이에서

신창선의 수필은 수채화가 아니다. 온갖 채색으로 화폭을 짓뭉갤 때로는 엉클어진 억새밭이다. 날카롭게 치솟는 태풍 속 파도이다. 그렇게 말할 수 있는 것은 소재의 다양성에도 있지만 표현의 다양성과 그 힘에서도 찾을 수 있다. 논리성에 기우는가 하면 순정에 어린 감성이 논리의 길목을 떡 막아선다. 수필은 논리가 아니라고 한다. 논리로 향하려던 대목이 슬그머니 감성의 말을 들어준다.

시간은 아무런 질문도 하지 않는다. 인간이 묻는 질문에 대답도 하지 않는다. 시간은 그렇게 오래전부터 흐르고 있을 뿐이다. 시간에 대한 상념은 끝간 데를 모른다. 시간 속에 사랑이 태어나고, 미움이 사라진다. 시간은 지극히 태연한 순색의 점, 점들이다. 인간의 무지도, 권력의 오류도 한 꺼풀씩 벗겨내는 지극히 완고한 하나의 진리이다. 떠도는 자, 머무는 자, 하나같이 잠재우곤 표정이 없는 하나의 역사이다.

— <시간> 부분

내가 밟았던 무명의 길이 말을 걸어온다. 그 말 속에 야반삼경에 만지는 대문 빗장이 있는지 모른다. 때 묻은 마음속에 침잠해 있는 불이문은 너무나 아득하고 깊어 그 경지를 헤아릴 수 없다. 다만 어느 무명의 길에 있을 빗장을 마음으로 만지며 털레털레 산을 내려 오고 있었다.

— ＜극락암에서 만난 마음의 빗장＞ 결미

눈에 보이지 않는 시간이란 관념어를 '표정이 없는 하나의 역사'로 인식하는 것은 일견 철학적 풀이이기도 하다. 그런가 하면 '어느 무명의 길에 있을 빗장을 마음으로 만지'는 행위에는 어떤 쓸쓸함이 있다. 수필가는 이 쓸쓸함을 만지는 고행자인지도 모른다. 그런 느낌이 드는 것은 무슨 일일까.

알고 보면 내가 살고 있는 아파트도 절벽이라는 존재다. 절벽 위 소나무 잔영을 거실에 마음으로 옮겨 놓는다. 어느새 나는 별똥 별이 되어 소나무 등줄기에 떨어진다. 달빛이 솔방울에 머문다. 한 줄기 바람이 솔가지에 묻은 하얀 눈을 털어내는 환상에 잠긴다. 나는 아파트에 몸을 붙인 연리지다.

— ＜연리지＞ 결미.

돌아보니 이 소고小考의 출발이 '아픔'이었다. 그래서만은 아니지만 수필집 전반을 관통하는 분위기란 것이 은근한 쓸쓸함과 아픔을 지니고 있다는 생각은 지우지 못한다. 이것은 수필가 신창선의 심층에 깔린 무의식이란 것이 아픔을 동반하는 심층구조로 채색되기 때문일 것이다. 그런 점 나름 하나의 특색 있는 수필의 개성을 지닌다고 보겠다. '아파트에 몸을 붙인 연리지'라니 얼마

나 쓸쓸한 정황인가. 이 쓸쓸함을 음미하는 것이 하나의 좋은 수
필읽기가 될 것이다. 그런 느낌을 끼친 것만으로도 이 수필집은
나름 가치 있는 수확을 얻었다고 봐도 결코 지나친 말은 아니다.

신창선 수필집

어멍아
어멍아

인 쇄 / 2012년   4월   1일
발 행 / 2012년   4월   5일

지 은 이 / 신 창 선
발 행 인 / 서 정 환
발 행 처 / 수필과비평사

출판등록 / 1984년 8월 17일 제28호
주 소 / 서울시 종로구 익선동 30-6
        운현신화타워 빌딩 2층 209호
전 화 / (02) 3675-5633, (063) 275-4000
팩 스 / (063) 274-3131
E - mail / essay321@hanmail.net

값 10,000원

ISBN 978-89-5925-998-4   03810

※ 저자와 협의, 인지는 생략합니다.
※ 잘못된 책은 바꿔 드립니다.